故乡的方向

Hometown direction

◎李永才 著

四川出版集团
四川美术出版社

图书在版编目（CIP）数据

故乡的方向 / 李永才著. — 成都 ：四川美术出版社，2011.7
ISBN 978-7-5410-4678-0

Ⅰ. ①故… Ⅱ. ①李… Ⅲ. ①诗集—中国—当代Ⅳ. ①I227

中国版本图书馆CIP数据核字(2011)第133611号

GUXIANG DE FANGXIANG

故乡的方向

李永才 著

出 品 人：马晓峰
责任编辑：林雪红
封面设计：林雪红
装帧设计：何 岸
责任校对：胡 奂
出版发行：四川出版集团
四川美术出版社（四川省成都市三洞桥路12号 邮编:610031）
印 刷：成都国图广告印务有限公司
成品尺寸：250mm×185mm
字 数：200千
幅 数：150
印 张：17.625
版 次：2011年7月第1版
印 次：2011年7月第1次印刷
书 号：ISBN 978-7-5410-4678-0
定 价：68.00元

《春满龙泉》作者 龙国屏

《临江待渡》 作者 冯学林

目录CONTENTS

卷二 两个欧洲人的想象

卷二 故乡不是传说

卷四 在山水之间发现

卷五 内心的河流

卷六 风吹四季的草木

卷七 惯性生活

卷八 皓月飞空的柔情

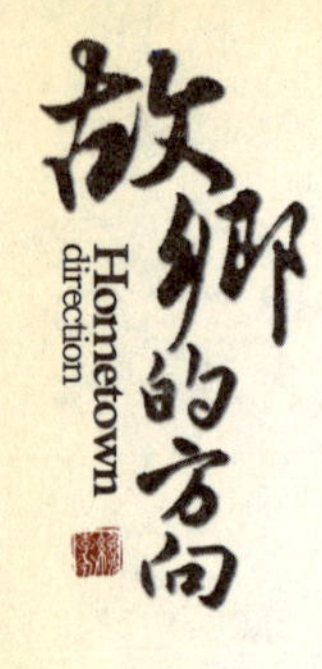

序一

比月光还宁静的抒情

梁　平

关于诗歌的阅读，由于职业原因，时常会让自己显得疲惫不堪。所以现在除了工作的诗歌阅读，其他时间的阅读基本上与诗歌无关。我不知道这究竟合不合适，但无法改变我目前的状态。李永才尽管作为很好的朋友，他的诗在我这里也放了好长一段时间。原因一个是我上面说到的，另一个原因就是从新年开始，我就基本上闭关了，把自己关在家里完成我自己必须去完成的一个作文。在我正写到一个节点上的时候，打算调节和转换一下情绪，抬头看见案头上摆放的李永才的诗集，便随手取下闲翻。这一翻竟翻出了我对诗人李永才的一种新的认识。

最早知道李永才是他还在四川师范大学读书的时候，他和几个同学搞诗社，他们的诗社在大学校园还颇有名声。后来就没了消息，以为他已经放弃了诗歌，我还一直为之惋惜。这次突然较为整体地读到他的诗，一种感动填满了我的内心。有很多人把诗歌当成宗教，也有很多人说喜欢诗歌就像染上了毒瘾，只要沾上了，就不能放下，就会伴随你的一生。我信这个近乎残酷的说法。永才就成了这个说法的注脚。

写诗应该有二十多年了，这是永才第一次集结出版诗集，总共100余首。从创作速度与其他人比较，可以说慢如蜗牛。或许正是这种慢，让李永才有了足够的沉淀和反复雕琢的时间，让我们在他的诗里看到一个诗人经历繁复之后，获得一种来之不易的简洁和宁静。正如“年轻如水的夜晚/月光依旧/气温适宜”（《一棵树的怀念》）；而岁月的流逝，所有的经历都如此简单明了：“一束阳光/从这头到那头/不就是一场小雨的距离么”（《渡月桥》）。“微风过处/清浅的日子/几分几秒就旧了”（《月光有约》）。从这些句子里，我看到了永才与其外在热情奔放形态完全不同的一个真正诗人的内心，一潭甚至没有微风的静湖。

从这里我联想到当下诗歌写作中的两种类型，一种故作高深，一种直白寡味。前一种时有故弄玄虚，在貌似深奥中玩文字游戏，即使是有一定诗歌阅读素养的人也很难进入。而后一种，则是不看不知道，一看吓一跳，所有汉字排列、分行出来就以为是诗。说到底，出现这个现象就是急功近利，就是浮躁。在我看来，诗歌需要静养，诗人需要静养。永才的诗也容易进入，但不等于是直白寡味。虽然他的诗所涉及的都是及其平常的乡情、亲情、行走吟唱，而一旦进入你的阅读，初读让你感觉清新，略有所思，细品便可以随你信马由缰，越思越远、越思越深。其中不少短诗的饱满和回味，让你觉得是在品尝一枚橄榄，越嚼越有嚼头。如果用古人王国维的话说，那就是李永才的才，在于能够写出不少难能可贵的有“境”之作。

尤其是永才写乡情和亲情，常有别开生面的惊喜。“这一切有如流水和野花/都是我所熟悉的/即使风吹草低/也无法泛滥”（《乡村如风》）。我惊异诗人如此独到的眼光，如此的不一般。李永才已经长时间离开家乡，诗人深深眷念着从小就熟悉的那些流水和野花，然而他知道，自己无法把它带走。即使风吹草低，而流水，而野花，也只是和草一样卑微的流水和野花，也只能在离他很远很远的故乡依旧，不能汹涌至身边，不能泛滥。而诗人几乎每时每刻都在牵挂着他的乡亲父老，“把风吹落的/乡亲们的汗水/细心地捡回家里/这似乎就是/他们贫苦的功课”（《捡拾生活》）。他的母亲还在那里，“一盏油灯/仍会把一家人的灶台/点亮”（《写给母亲》）；他的父亲还在那里，“弯曲的腰身

/比麦穗的姿势还真实/就像一把木犁/坚守着纯净的稻田”（《致父亲》）；他的小妹还在那里，“守住一种气候，妹妹/泪珠滴落”（《妹妹》）。

而所有这些，都一如土地上的小草小花，那么清贫和酸涩，然而又是那么的宁静和安详：“让那些低调的植物/在夜深人静的时候/自然生长”（《梦想田园》）。与此不同的是，现在似乎一写到故乡，写到土地，就得写出那么多的哀怨和愤懑，那么多的苦大仇深。其实，我以为永才的诗如此这般的“不动声色”，才是真正直击了内心深处的疼痛。

在我所居住的这个城市，是很少能够见到月光的。而月光总是以最宁静的心境在抚慰着大地。你心烦了，你意乱了，你在某一种情绪中不能自拔，只要有月光的清辉抚慰，你便豁然开朗，便可以安静下来。我在写作最紧张的时候，偶然阅读永才的诗，读出一种很适合我的境界，那境界就是比月光还宁静。这得感谢诗人，感谢我的朋友带给我的享受。在这不知不觉中，居然谈了很多关于我对永才诗歌的印象，我想就权当我的读后感吧。

是为序。

2011年1月23日于成都·没名堂

（作者系四川省作家协会副主席、《星星》诗刊主编）

序一

序二

全球化语境下的故乡情思

蓝棣之

诗家李永才本是我的学弟，但我们迟至2009年秋天才认识。此时他正在我的故乡四川新津调研。过了两天，我去他任局长的成都市高新技术产业开发区大楼看望他。他随手送了我几张新报纸和几本新刊物，上面都有他的诗作发表。打开来看，惹我兴趣的有：组诗《朴素的乡村生活》（《三月的村庄》、《村庄琐事》、《春天：一种异样的感觉》、《捡拾生活》等四首）、《故乡的水井》、《池塘》，以及《北京的街头》、《一座饱读诗书的古城》等。我大概可以想象这几年来他在诗坛上活跃的情形。后来我回到蒙城以后，他传给我更多的诗，大概有100个页码，说是希望给他写个序言。我开始着手认真阅读这些诗。我发现我的动机其实是想要了解他。他这个人初次接触的印象是坦率，实在，直言，但有些孤傲，我想知道他何以要花偌大力气来写作这些在当下诗坛上近乎是独树标格的“回忆中的乡村生活”，因为，看上去他又没有要在诗坛争一日之短长的念头。我想通过了解他和他的写作来增进我对于我所处的时代的了解。

当然，永才这本诗集的主题不是单一的，不仅仅写回忆中的乡村生活。他还写了不少“吟游”诗，例如去北京学习，去日本访问，去外地出差等，也都写下了很出色的诗。但从内容上说，无形中带有与故乡相比较的性质。事实上他就是在写了《和平市场》这首相当出色的诗之后，突然获得某种暗示，他才转向“回望故乡”这个主题的。在《和平市场》一诗里，他说市场里沾满泥土的土豆、玉米，

面对挑肥拣瘦的目光
日复一日　总想说出
一路走来的艰辛

他在“和平市场”里触动了乡愁，这个“和平市场”就是“消费社会”的标志。诗人忽然感觉到他与土豆、玉米的身份认同。他对消费社会的世界观、价值观感到迷惑不解。我认为这是整个诗集里最重要的三行，他不仅无意中写出了对自己的社会身份的真实体验，也在无意中说出了自己的创作动因和动机。在这本诗集里，回忆中的乡村生活是主旋律，“吟游诗”是副线，是和声，而另外一些关于作者成长经历中的故事、细节、创伤等的抒写，如《我的大学》、《住在江边的女孩》等，则可谓是“咏叹调”。《和平市场》也是一首“咏叹调”，其中就有诗人曾经的创伤的影子。“咏叹调”使得这本诗集的主题被表现得更丰满、更有声色。关于这本诗集的结构，我还想指出一点：虽说它记录了永才二十多年的诗路历程，但他不是历时性的，而是共时性的；不是编年的，而是统一于今日的眼光，今日之视点，今日之语境。这样，诗集的主题就更显得突出了。

对于故乡的情结是每一个人与生俱来的，是一种集体无意识，是一种无法逃避的宿命，是一种最自然不过的感情。这在每一个民族、每一个时代都是如此。然而这个情结又是那样具体和富于个性，在每个民族、每个时代都有很不相同的背景和内容，它们都是在不同的语境下展开的情思，与每一个普通人皆息息相

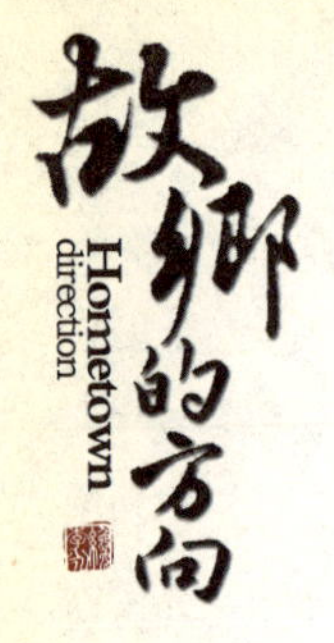

关。比如台湾著名诗人余光中，他的《乡愁四韵》经著名歌手罗大佑谱曲传唱，在中国已经是家喻户晓。他给我说这首诗就是他真实生活的写照。还说他的“乡愁”诗是他全部诗歌的核心。我认为其时代内容就是反映了冷战时代被隔开来的台湾对于祖国大陆的思念。我们还可以举出伟大的爱国诗人屈原，他的《离骚》最沉痛的地方是对于故乡的热切之恋。在经过千回百转的挣扎之后，他似乎已经决定离开祖国了，可就在这时候，在作品快要结束的地方，屈原写道：“陟升皇之赫戏兮，忽临睨夫旧乡；仆夫悲余马怀兮，蜷局顾而不行。”这是《离骚》的高潮。《离骚》的时代内容乃战国时代的知识分子政治家政治抱负的倾诉和对于祖国、故乡的生死之恋。

现在摆在我们面前的永才这本诗集，它的时代内容乃是集中地从各个角度表现了一个已经、正在，和刚刚崛起为世界大国的中国知识分子在全球化语境下的故乡、家园情结。诗集的作者李永才出生在四川东部涪陵地区（现为重庆市管辖）一个普通农民家庭，他所眷恋的乡村的自然条件要较川西天府之国相差很多，较为贫困。永才给我讲过一些成长和求学过程中的艰难。他在成都读完大学本科，专业为英语，后又在重庆念了一个法学第二学位，然后再到成都工作。他所任职的成都高新技术产业开发区就在成都市与我的故乡新津之间。成都高新区1988年经省里批准，国务院在1991年批准为首批国家级高新技术产业开发区，2000年批准为APEC科技工业园区，2006年被确定为全国首批“创建世界一流园区”试点单位。在这样一个工作环境里工作多少年，也就等于在时代脉搏上跳动了多少年。他对于改革开放，经济发展，国家崛起，时代转折一定有许多不同于常人的感受和感触。假如我们联系到他的工作经历和工作环境来理解全球化语境下的故乡和家园情结这个问题，我们一定可以从中看到一些很特别的东西。按照某种简单的逻辑，他从小受穷受苦，现在经过读书而获得社会地位与社会待遇，或许也可以说理想基本实现，甚至可以说读书的理想就是为了从农村走出来，找到一份好工作。现在他的工资不少，待遇不差，家庭幸福，孩子也正在按期望成长。然而他却把这称为“从故乡走失”，并且还一直在“寻找心灵安放的方向”。说实在的，读者是很容易对此迷惑不解的。特别是他说“一次次从梦中醒来，能够记起的还是故乡”，这话的语气使我非常吃惊。但我同意他的结论性意见：故乡可以安放心灵，可以孕育生机。又从这结论性的意见，我试着理解永才回望故乡的动机、动因或原因。

我有这样几点看法：一、诗人“安放心灵”之说，听起来有点“重回现场”、“回到过去”似的“怀旧”情绪，但是 回到过去不也是解决未来问题的一种方式吗？也有人说历史是往回看的预言家。因此，怀旧与现代文明之间原本是有一种张力的。永才的意思是说，安放心灵同时也就孕育了生机。他的诗回望故乡，使得他开启了新的前进的生机。二、过“朴素乡村生活”的愿望。这个愿望正好是他一组诗的标题。英国后现代主义批评家齐格蒙特·鲍曼在《工作、消费、新穷人》一书的结尾处，引用批评家柯里的话说，“群体的自愿简朴正成为替代群体经济贫困的唯一有意义的选择”。鲍曼的“志愿简朴”论清楚地指明了永才朴素生活愿望的重要意义所在。三、对目前这样的大城市风习感到厌倦，这也算是一种文化批评。这方面的诗作，除了上面已提到的《和平市场》之外，在《春天：一种异样的感觉》、《北京的街头》、《春熙路》、《在人间》、《夜总会的女孩》、《天华路399号》、《惯性生活》、《成都茶馆》、《五月的夜晚》、

《公交车站》等诗里，都有精彩的描绘。这种厌倦情绪也可以是对现代性的某种解构。四、对于世俗生活方式的批判。这特别表现在《成都茶馆》等诗歌之中。当然读者也许会说诗人太清高孤傲了，过什么样的生活，这不是我们个人的自由吗？对此，我想请读者看看齐格蒙特·鲍曼是如何揭开消费自由的欺骗性的，他说：“自由不是一种所有权或个人对自由的占有，而是一种与个体间的某种差异相关的属性。”他还说：“自由还是特定社会内部身份地位分化的标志。消费自由以市场存在为基础，而反过来它又是确保市场存在的条件。世俗的消费自由其实就是鲍曼所说“新穷人”的自由。五、他这朴素的乡村生活的愿望与海德格尔所说诗意的栖居、诗人的天职就是还乡，就是返回与本原的亲近等论述有某种交错，因此，回忆中的乡村生活可以是理想生活形态的某种象征。他一再说起的“泥土”，其实也就是海德格尔所说的“泥土”。诗人尤其关注时代的精神状况，人的精神家园、心灵家园，心灵的归宿。虽然说起来有些深奥，但他确实一再感觉到它的存在，而且相信每个人的内心深处，都有这样一个家园。以上几个方面是我从他诗中归纳出来的，其实也就是他对于全球化语境下的故乡情结的独特抒诉的价值所在。

我这篇序言就要结束了。也许读者会问：你在文中一处引证海德格尔，两处引证齐格蒙特·鲍曼，这是否说明要理解诗家李永才，齐格蒙特·鲍曼比海德格尔更为重要？我的回答是：他不一定读过很多鲍曼，但对海德格尔会比较熟悉。然而让我惊讶的是，读永才的诗，我往往想起鲍曼。鲍曼乃当代思想家，他被称为后现代性的预言家，他提出现代性是一个陷阱，后现代性又是一个雷区。他历经多重思想转型，但最终的关注是定位在对整个现代性社会的科层制管理，以及现代理性规训的深刻怀疑上。对现代理性规训的怀疑，永才的诗里已经涉及，他写过他希望在规训之外自己慢慢成熟。然而对于他置身于其中的科层制管理，他只说过人在局中很难说清。作为一位诗人，不同于社会学者或哲学家，他的诗对于后现代生存状态所进行的深入描绘，从回忆故乡的生活着手，情思奔涌，体验深刻，视野开阔，不仅给人启示，而且耐读，相信已经带来某种震撼！

2011.2.12 写于加拿大蒙城

（作者系清华大学人文学院教授，文学研究所所长，著名文学评论家）

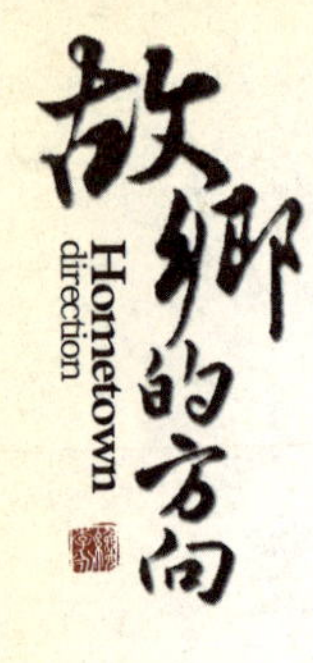

序三

回望生命中最柔软的部分

唐小林

李永才是另一种西绪弗斯，他不断地回望故乡，正如西绪弗斯不停地推石上山。他知道在现实的层面上，他的动作和姿势是如此地无效，并显得幼稚、滑稽，甚至有些反讽。但他还是义无反顾，因为在这个无效的过程中，他的灵魂得到安栖。

是的，永才是一位行吟在通往故乡路上的抒情诗人。

也许他当初并未想到，走出故乡的理想让他的今生永远卷入回归故乡的梦魇。他的生命从此落入悖论，情感陷入彷徨，只有靠文字，靠语言这个美丽的幽灵，他才能突围，才能在自己的精神世界中左冲右撞。

乡愁，那看似轻浅的忧伤，像玫瑰花瓣片片剥落，次第铺就他笔下绮靡的诗行，绵延成他回乡的脚步。他的诗喋喋不休地盘点、摩挲那些《村庄琐事》、《池塘》、《村口》、《稻田》、《水井》、《小河》、《老街》、《蒲公英》以及老榕树和风的方向，甚至是《一株海棠》和《一只鸟的命运》。隔着一层现世的屏障，故乡在自由的想象中，驰骋为一种生活方式，一个乌托邦，与《诗经》“鸡栖于埘，日之夕矣，羊牛下来”；与陶潜归园田居、采菊东篱；与王维明月松间、清泉石上；与屠格涅夫的草原、沈从文的边城，混合成穿越时空的交响：故乡，那个永远无法抵达的伊甸园，那有着透明、单纯，有着不灭的光，有着温暖灯光的地方，才是人类浪子驻足的向往。

看看永才的诗行，就可以明了，故乡怎样被锚定在没有历史，只有美好的点上：“槐花落满水面/水草生长岸边”；“牛羊闲走山岗/菊花微笑田野”；“抬头长河落日/低头江南草长”。梧桐秋雨、半亩方塘、槐树杨花、月光如银、蛙声一片。诗人的故乡，已然与如今凋敝的乡村、空心化的乡村无缘。肥鱼绿秧、萤火低徊、鸟鸣犬吠的那个乡村，早已被“现代化”糟蹋得不成样子，早已退回到童年的记忆深处。哪还有安静的河流、亲切的村庄？“城市”作为一个巨大的符号，一手遮天，吸干乡村的血汗，把文明、幸福、进步，一劳永逸地写在它自以为是的功劳簿上。对乡村的摒弃、掠夺和遗忘，正是这个时代发家的勾当。

于是，在诗人表面的温柔敦厚下，进行着一场紧张的讨伐：城市虽然并非十恶不赦，但这没法不让人想起沈从文。尽管他走向城市的步履，比沈从文更加踌躇满志，但依然发现，他是无依无靠的浪子。他把自己形容成“一只流浪的果实/在午后寻找/音乐的走向”，这样的诗句太美，美得伤心。他把自己比喻成“伤心的梨花”、“沉默的风筝”、“落难的水手”，游荡在城市中。而“城市空荡荡/任未知的命运摆布”。这样，诗人那场永不休止的乡村爱情，那对乡村朝圣般的敬畏，就得到了诠释。

或许是诗人的身份和语境的原因，他小心翼翼地控制着自己的私情，理性裁判的严厉，迫使他中规中矩地摸索着自己情感空间表达的边缘。他不任性，是的，他绝不是任性的诗人。至少目前是这样，或者至少呈现在我们面前的诗行是这样。总之，他深深地懂得感情的政治，亦如他对别的事情的拿捏一样。所以他把自己交给故乡是安全的，即使诅咒几句城市，也无大碍。问题

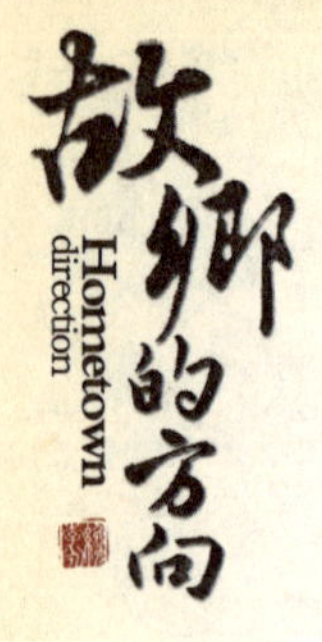

是，文字有时会悄悄造反，不要以为是言不尽意，常常是意不尽言。他的“野性”就这样被我在言辞的裂隙中捕捉到。首先是没有开花的爱情。在整部诗集100首诗中，有两首诗迫近这个目标，其中《妹妹写给H、Y》一诗情感的纯洁与默默思念的无奈，让我动容：

妹妹，随你而去的
是所有的信任
容易流逝的是白天
小雨落下
局促，依稀的往事
是唯一痴痴的挂念
守住一种气候，妹妹
泪珠滴落
是我无法觉察的心情

妹妹带走所有的信任，天地间还能把情感托付于谁？难熬的思念当然在夜晚。既“痴痴”就不应是“挂念”，词语的悖谬，是诗人既要讨好自己内心，又想掩饰外在的裂痕。天各一方，却要“守住一种气候”，如此的山盟海誓，难怪“泪珠滴落”。“无法察觉的心情”诉说着谎言式的真理。全诗语言平淡如水，情感的斗争，将隐藏心底的爱情演绎得刻骨铭心。《住在江边的女孩》确实没有办法，有情无缘，隔着一条河流，在日常生活中彼此遥望，也没啥不好。

永才绝对可以成为爱情诗的高手，可惜他在隐忍。不仅如此，他身上也可以有点儿痞子气。《我的大学》当为“少作”，其中写到外语系的女生，使我一下想起李亚伟的《中文系》，里面的表达方式，就有些后来自称“豪猪”的李亚伟诗歌的意味。

必须一提的是，2009年前后，他似乎有一次北方之行。“北方”从此与他常于吟起的“南方”对举。这里边一定有些应景的诗或诗句。但透过他厚厚的背影，我再一次触摸到他柔软的内心：

其实我更关注南方的风水
关注那里安静的小屋
自由的风声
关注真实的田园
醒来的星辰
我喜欢那里忠诚游戏的孩子
和排名靠后的学生
喜欢无所事事的母亲
和带着警惕的菜农
我喜欢把生活泡在
茶水一样的味道里
随时间缓缓地沉入杯底

这最柔软的其实就是他支撑一生最坚硬的东西。“北方”在汉诗中自《诗经》以来就不是一个简单的词汇。并非不言自明，但还是要用不言自明的方式打住。读者诸君当然智高一筹。

行走在城市空间的李永才；“多年以后/我从乡村走失/像一棵孤独的草/追赶一群上天的候鸟”一样的李永才；“多年以后

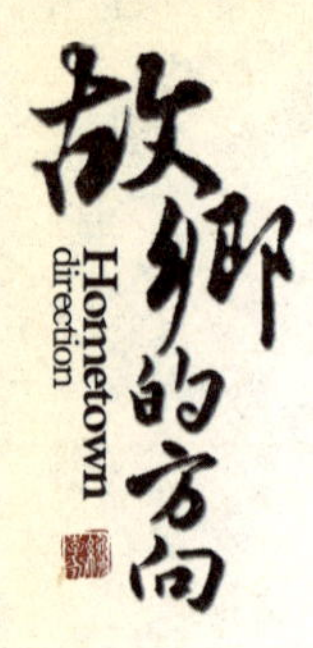

/我迷失在城市/像一只流浪的鸟儿”式的李永才，就这样不停地回望故乡、回望隐秘的情感，回望一种似乎不可能的生活方式。他以回望他生命中最柔软的部分，来打造他最坚实、最强硬的脊梁，然后呼吸着现实如刀的空气，从容地生存，并让如履薄冰、如临深渊的生活变得容易，也有了些许的生气和温馨。

独孤求败的男人，总是把温柔作为最后的武器。没想到永才也不例外。

2011年元宵节上午9-12时

速成于蓉城东郊邻梅居

（作者系四川大学文学与新闻学院教授，文学博士，中国当代文学研究会常务理事）

序 三

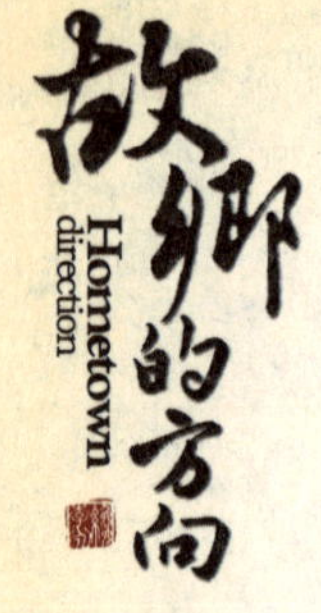

卷一　天空的深度

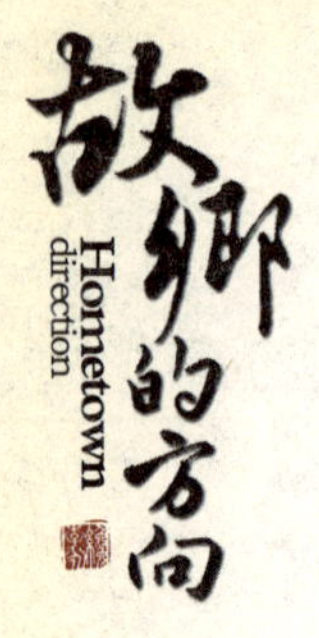

偶居北方

十月，我行走仓促
越过千江之水
越过羊群，马蹄和美丽的枫林
我忘记带上南方的秋天
带上白天的微笑
和夜晚的歌声
我留下了城市的道路，广场
广告牌上的明星
留下南方简朴的乡村
正在生长的草木
最重要的，我把儿女情长留下
以及短信和祝福，落寞的酒杯

这个北方的城市
有南方的记忆
这里有北风吹过
梦一样的往事和灿烂的脸谱
有深藏的孤寂和惆怅
有成熟的柿子跌落草丛
有鸟儿闲走窗台的声音

而此时，我并不知道
阳光是怎样智慧地来到
这个世界。离我很远
我无法说出历史和时间
无法说出，一场雪怎样收走秋天
无法说出生活的原委
一切无关乎这个城市
无关乎酒吧存在的方式
无关乎自由的蓝天和白云
这些游荡的日子
我没有学会鸟类深刻的语言
没有学会蝴蝶一样的装扮

其实我更关注南方的风和水
关注那里安静的小屋，自由的声音
关注真实的田园，醒来的星辰
我喜欢那里忠诚游戏的孩子
和排名靠后的学生
喜欢无所事事的母亲
和带着警惕的菜农
我喜欢把生活泡在
茶水一样的味道里
随时间缓缓沉入杯底

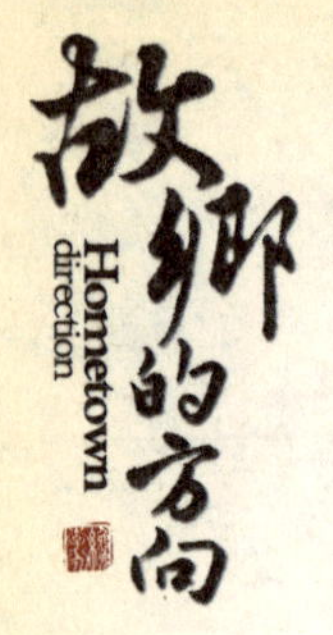

北京的街头

从王府的家宴走出
一群救世的神仙
他们正高声谈论
金融　流感　黑色的蚁群
如何在麦当劳似的建筑里
装模作样地生活

祥子的马车
停留在水立方的对面
等待南来北往
从不喝二锅头的小姐

这时候，我突然看见
从小喜爱的金山
像阳光一样神秘
各种方式的象征
穿过桥头，树枝和六月的教堂
流进龙须沟
有些浑浊的梦里

我无意深入
王府井的内心
偶尔几家成都小吃
整个下午
我仿佛迷失在
春熙路的北端

临近黄昏的前门
几只堂前的燕子
飞进老舍茶馆
看大碗的茶水
照出这里的京味

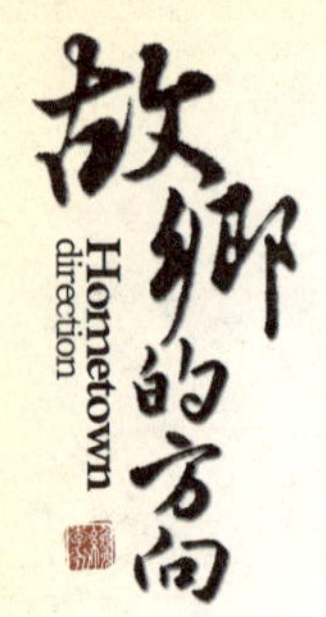
故鄉的方向
Hometown direction

未名湖畔

那些优秀的柳枝
缓慢地，扬起一群欲望
无声的落叶
他们找到了
一条僻静的小道
幽默地潜入水中

多么抒情的细雨
让一朵睡莲睁不开眼睛
安静地，守候寂寞多年的老舍
月色深处的悲凉

此刻正有人
走向翻尾鱼
落满叹息的前额
飒飒作响的叶子
写着英汉对照
斯诺红色的作品

未名湖，其实早已有名
春暖花开的时候
这里就叫海子

香山寺

轻轻行走在
失落的瓦砾上
我不想惊动
残垣的梦里　一抹苍凉
一群人走了，又来了
就像一些树叶
落了又长出
他们是在等待　一阵风
吹走昨日的屈辱

那些颂经的燕子
群山一样起伏
在安静的日子
从一墙青苔
蓦然惊飞
黑色的屋檐
一群焚烧的声音
穿过熟读的经书
一阵风烟把你们的灵魂
吹落何处

一场途经山寺的雨水
哪能挽救
破败多年的落叶

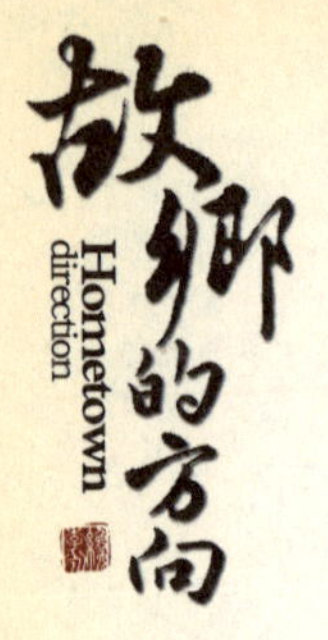

从八大处到雍和宫

他们在寻找什么
这些目光凝重的众生
双手合十双膝着地
一炷香点燃一个愿望
一缕烟火升起一个轮回

他们在寻找什么
绕着千年古塔
一圈又一圈倾听梵音
好像塔顶上的飞鸟
想把丢失的时光
重新找回池边

而此时古刹墙上的心经
除了用心去听
没有人会告诉你
一盏青灯怀揣的宁静

突然一阵山雨
把一束阳光
淋湿在匆忙的路边
让一地莲花
向着山寺开放
这样自然的洗礼，如此脱俗
不知他们能否找回
丢失的心灵

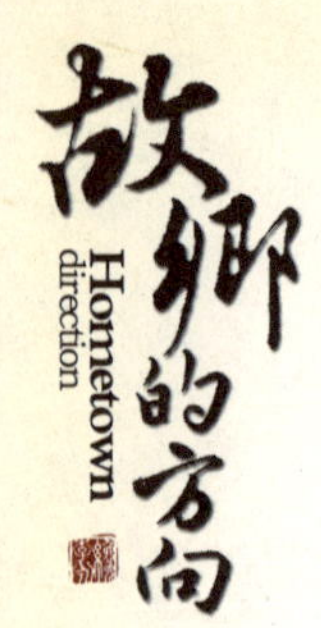
故乡的方向
Hometown direction

五月的夜晚

怎么就误入了
这北方五月的夜晚

今夜　我们上路
在车水马龙的风中
一身散漫也许来自
你在水边
那杯蓝山咖啡
轻轻的蓝

今夜　喧闹而安静
只剩下酒精的苦涩
以水为邻以土为家
灯光映照着后海的海
你如海的目光
轻轻的蓝

今夜　我为你守候
亦如一盏灯
南北不分
照亮你深藏的事物
让他们看见
生活的原样

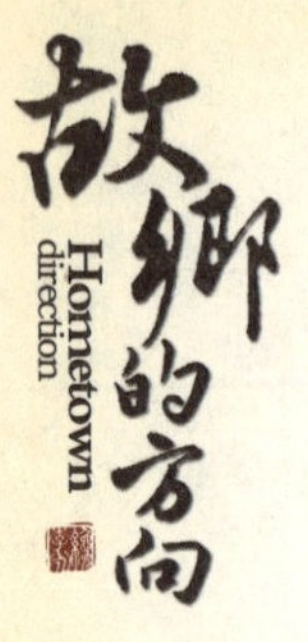

一个英国男人的"Old bike coffee"

从大师的偏旁进入
一个英国男人的内心
坐在阳光的门口
精心地阅读
这个时代的体温
像一只敞开的蓝色杯子
盛满拿铁，摩卡，水深火热的鸳鸯
盛着玛琪雅朵，一朵
回归田园的野花，
等待忠诚的花么？

眼前的old bike coffee
风琴，提琴，马头琴
每一个部件 自己然也
把英伦三岛的物质与精神
安排在这么局促的空间
让整个世界的封面人物
各司其职。站立墙头
如此奢华的节俭
我相信，那位收银的女孩
在丰满的梦里
曾经多少次精打细算

一个铁观音主义的男人
怎么津津乐道
欧洲修士褐色的道袍
或许，从卡布其诺的方向
我会到达意大利的教堂
品着神秘的信仰
仿佛回到童稚的时光

云在青天

一望无涯，眼前的大海
在过去与未来之间
潮涨潮落
近处是田野，远处是河流
更远的地方
是连绵的山峦

山雨欲来时
这些自然的使者
在黑白之间迅即飘落
田野河流山峦
从此流浪天涯

说到这些无限的辽阔
如果她足够肥沃
我想在近处的田野
种一地葵花
沿着天边的小径
向阳地开放
如果她足够宽厚
我想在远处的河岸
建一些庙宇
让尘世躁动的心灵
在那里安放
如果她足够温暖
我想在更远的山峦
植一块草场
让独守的羊群拥有一些
幸福的时光

七月的草原

七月，从草场的边沿
打马归来
牧人幸福的马鞭
让一群牛羊迎风招展
伫立在闲散的山冈
马蹄声里　野花盛开

这些幸福的举动
我早已察觉
在晚霞来临之前
有一些低头倾听
河岸的牧笛吹响
昨天的歌谣
有一些抬头遥望
在枝头行走的倦鸟
正如流水一样歌唱

这些草原的幸福
像一场黄昏的雨水
沿着七月的脚印
轻轻地流淌

天 际

一些远古的黄沙
堆积的辽阔
让守土一方的石头
略显孤独

一些远古的风
把群山吹得
越来越低
让天空高远
不是阳光的本意

或许因为
白云在这里
找不到失落的故乡

白桦林

一棵树在北方
就是一片森林
像草原上少女的发际
以湖为海
等待千古的月色
照亮帐篷的前方

这些以草为食的事物
站在凛冽的风中
望穿秋水
始终没有成就
与长天一色的梦想

就这样怀抱感伤
让智慧的叶子
把草原的性格
刻在扬花和果实的脸上

这一排排的孤独
是在听风，还是在朝圣
你和南方少年早已约定
让心中的向往
在风沙扬起
羊群走失的时候
重新回到南方

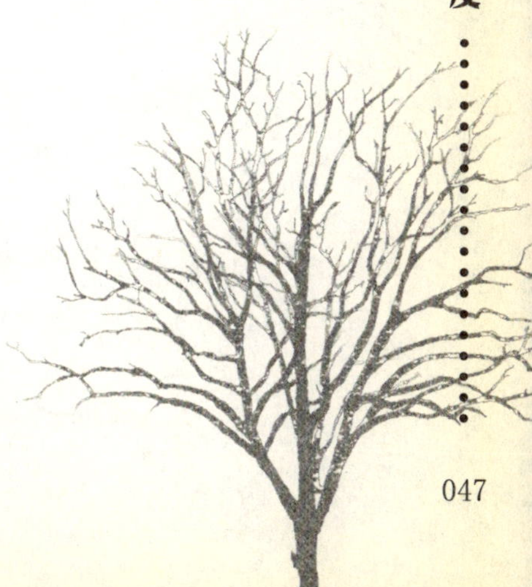

牧马人

来自旷野
这些七月的风
吹不去牧马人眼里
土色的围栏
浅水低流的瓦屋
芳草连天的时光

从黎明的毡包走出
饮马江湖
这时，有鸟群掠过头顶
在雪一样圣洁的经幡上
写下一行，又一行
吟诵平安的经文

那些追赶阳光的牧人
把四季轮回的诗意
放牧在紫色的草场
让满山的牛羊
低头不语
或许，它们在
静静地品味
野花飘落的暗香

草原上的野花

草场上
行走的阳光
随着风吹草低
跌落在
野花丛中
而枣色的马匹
驮着她们的微笑
让我神不守舍

爱上野花
请原谅
那不是我的决定
那是因为
有一群蝴蝶迷失花间
去向不明

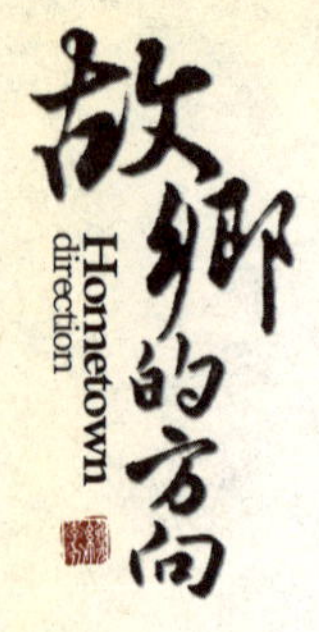

草原的声音

只有心平气和
你才能发现
一只鸟从南方衔来
一缕阳光　让一只蝴蝶
羽翼轻颤一滴露珠
在一丛失恋的草尖上滑落
这些优雅的举动
这些蝴蝶效应
虚构了草原简单的
且微不足道的声音

其实，我真正怀念
草原上，人类留下的歌声
命中女子的声音，一支牧歌
只有羊群　野鹿和梦中的白马
才能领会，才能千古传诵
仿佛一杯烈酒
深入草原的内心
让这些游牧英雄懂得了
一束流云的一次革命
就是草原走向辽远的信心

冬日来临，你不能忽视
那些最是密集雪落草场的声音
深含幸福让一株青稞
一杯油茶在一堆篝火上重新热烈
这些纯净的花朵有姓无名
听着她们开放的声音
谁不想醉生梦死在
这无边的丛林

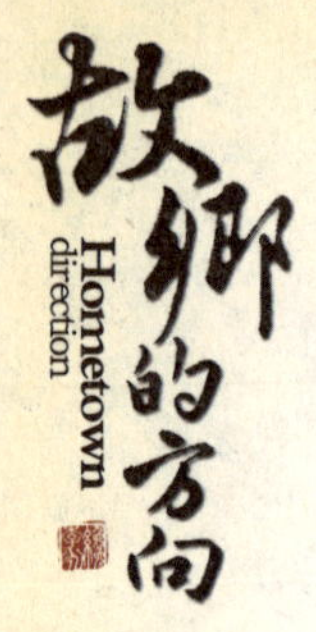

2009年的第一场雪

你就这么迅速
仅仅一个上午的时间
就把秋天颠覆
这意味着，三红四绿的村庄
因为迷信妖娆
将成为你独享的花园
柳树，槐树，钻天的白杨
怎么会开出一样的花色
好像三月满眼的梨花

你的智慧或者风光
降临在城市的额头
这个世界，除了风声和落叶
一切都那么平静
昨天欢快的鸟儿
从草地飞绝千山
满山的枫叶
因你的到来而感动
从此放弃了
对树枝的依恋

这让我来不及记住
正在变化的时间
正在消涨的潮水
瞬间即逝的晚霞
行将寂寞的天空

我相信，整个华北平原
会因为你的到来
重新认识秋天的意义

皇宫广场

这些整齐的石子
像一场适时的梅雨
洒落在午后的广场
面向烟红柳绿的楼台
你把雨水的想法
落实在游人的内心

来来往往的感受
你了然于心
好像环绕宫墙的河流
安静得不知流向
这不是樱花开放的季节
省去一些欲望
你就不会行色匆匆

我转身一望
那些雨后的阳光
又回到二重桥上
让两只飞鸟突然
远离那些凡俗的花朵
把将军当年缔造的神圣
写在一片羽毛上

早稻田大学

早年一片稻田
让大隈的想象
丰富多彩　从四面八方
那些智慧的鸟儿
栖落这片水景
不为五谷的金黄
只想把这些
田野上生长的事物
理清来龙去脉

既然是一方稻田
就有人春种秋收
像田间的稻谷
一茬又一茬
有的收获权力
有的收获艺术
更多的收获了
如影随行的回忆

渡月桥

2010年7月3日正午从京都渡月桥头走过……

——题记

一束阳光
从这头到那头
不就是一场小雨的距离么
你看那几只青鸟
目中无人摇头摆尾
沿着百无聊赖的河岸
打发散淡如水的时光

望一眼河水流走的方向
我突然想到了辽阔
一座桥架起的河山
让一个时代重现
一日千里的风尘

月迷津渡
难掩拍马过桥的风雨
让客栈飘扬的酒旗
记住渡口作别的时间
记住这一刻
流水，草木和樱花女子的年龄

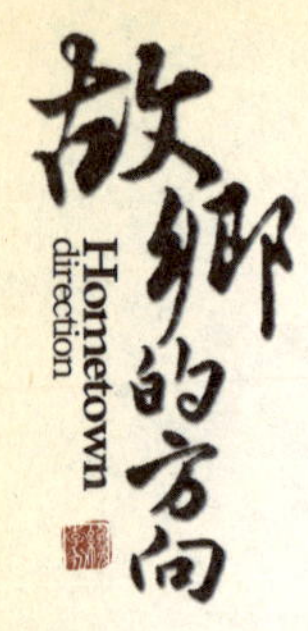
故鄉的方向
Hometown direction

月落他乡

如果说有什么不同
今夜的月色
多了一些暗淡和忧伤
多了一些来去匆匆
对游手好闲的怀想
月随桂花流落他乡
一朵秋菊暗自惆怅

深入这样的季节
河岸，道路和天气
用途多样
谁也无法预测
明天的阳光

让来自八月的芳香
洒在落叶之间
我独处的书房
或许，因此我比月色优秀
比流水抒情

就让我走出良辰
举手之劳
稻草和麦秸
都是人间难得的礼物

小城阳光

——写在重建的北川

因为忧伤随小河流走
白云与秋风俱来
眼前的小城
从一扇澄静的窗户走出
一阵秋色　几米阳光
我可是闻到
充满收获的味道

在这个平淡的早晨
一片浅黄的枫叶
对走失的亲人
也许，想表达
一种古朴的怀念
落在弯曲的河上
而此时，那几朵白云
停在不远的山冈

有云朵，就会有雨水
洒落在行走的街上
让过往的秋风
在雨后的河边
牵着一路孩子
走向草木生长的地方

有阳光，就会有芳香
重回八月桂花的枝上
让那些沐浴风雨的鸟儿
在这个山间小城
像往日一样生长
小巷小资小憩时光
叶落秋天花开春日

福岛，福岛

——2011年3月11日

福岛，祸之所伏
或者　我该说些什么
此时 那些自然的道路
那些优秀的石头
那些温存的光阴
说走就走了

我知道，他们仍然被爱着
比如城市和河流
冷暖自知的花朵
比如消失的人类
随风散落的鸟声
仍想像婴儿一样安详

那些呼啸和暗涌
那些自然的手指在城市，村庄和小径
在那些深深浅浅的伤口
洒满热烈的海水
这些背离时间顺序
完成的事实
说来就来了 此时此刻
浮出不行沉下不行
梦想在屋顶不行
独守阳台不行
仰望星空不行

好像死去不再简单
好像重生也很艰难

福岛，我该说些什么
这些海水，人类喜爱的水呵
沉舟侧畔，方舟啥时出现
这些破碎的车辆和门窗
从它们面前走过
让我们去看一次樱花吧
让那些风浪中走失的亲人
在明天日出的时候
魂归故里
这些白云，如幽灵一样升起的白云呵
那一片福地，山川秀美的福地
一曲悲歌之后
让那些金属和马匹
重新披上蔚蓝之外的色彩
远离风暴的漩涡吧

如果可能，我愿意
让鸟类的幸福
重新隐藏在一条河上
如果可能，我愿意
把人类对自然的敬意
全部收留在荒野

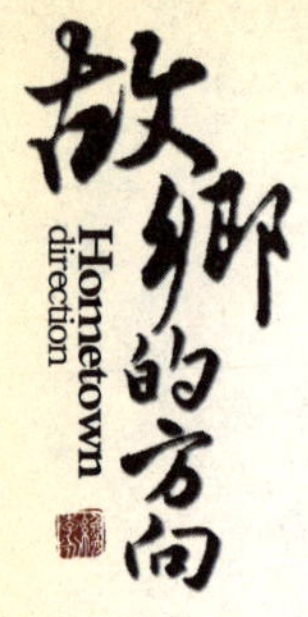
故鄉的方向
Hometown
direction

卷二　两个欧洲人的想象

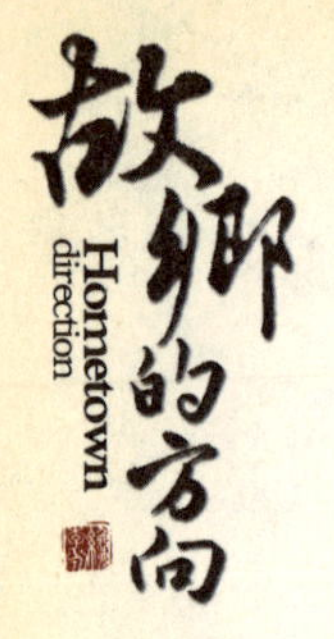

都市以南

站在天府之国的桥头
像一只太阳神鸟
成都，在风中向南

天府广场以南，这个城市的春色
被完美的延伸
无论哪个角度，你都会看见
那一只巨手，挥动风云
让写字楼越写越高
把高新区的高度
写进了天空

沿着微笑曲线的两端行走
左边是软件园
右边是孵化园
这些纯粹的玻璃空间
远水近树，你会看见
阳光，一袭智慧的生活
如何透明地开放

从2.5到25,从120到1200
这一片向南的土地
长的是道路,让银杏和桂花
把技术的光芒带到他乡
宽的是客厅,让远方的脚步
像种子洒落在
同一条路上
英特尔马士基赛门铁克
任我行走的花园
一夜风雨，他们就会开花结果

两个欧洲人的想象

两个金发碧眼的欧洲人
不约而同地走向我们
一个把世界画成平的
一个把世界画成圆的
平的显得十分个性
像一只五颜六色的风筝
听说要飞向班加罗尔，或者硅谷
圆的显得十分秩序
好像高原正在生长的雪莲
仰望着天空
发出敢于开放的声音

站在风筝的肩上，我看见
有些人从船上下来
走进鸟巢
目光有些诧异
有些人从鸟巢下来
走进船上
目光有些骄傲
我不知道，是走进鸟巢
还是走进船上
望着穿行之间的汽车和行人
我无法理解
欧洲人的想象

成都茶馆

这些散落在城市的码头
有无数的船只
因为流水而在此停泊
有无数的水手像虔诚的圣徒
沿着时光磨损的河岸
执着地寻找自己的港口
那些开在百花之先的花朵
那些王者等候依旧的草木
那些老水手　对着风日晴和
对着轻烟微雨　坐在河岸
课花责鸟，听歌拍曲
常年选择川剧、变脸、鬼吹灯
常年选择辽阔的历史和传说

其实，无须选择谁的码头
只因坐在水之上，城市之上
就可以领略，仙人摆渡雪花盖顶
可以领略，双龙戏珠海上飞虹
堂倌、跑厅、琴师
来了　要得　马上
那是多么简单的举动
打开平静的盖子明前雨前
一枪一叶三吹三浪
城市和人物都会沉进水里

其实，无须选择谁的港口闲坐岸边
可以打麻将，打扑克，打毛线
打游戏机，但莫打树上的鸟儿
可以谈生意，谈恋爱，谈股市房市
谈天说地，但莫谈物是人非
可以摆龙门阵，摆荤段子，摆素段子
摆哲学宗教，但莫摆东家长西家短
就是说，你可以日他先人但莫论国政

坐在这里，可以选择
豌胡豆，煎油饼，脆麻花，发黄的烟叶
可以选择修脚，按摩，擦皮鞋，掏耳朵
可以选择测字，观花，算八字，看流年
可以选择三花，雀舌，普洱，青山绿水
可以选择铁观音，大红袍，竹叶青，碧潭飘雪
一只杯子，数片落英载沉载浮
无关乎似水女人，诗意男人
面对一池浅草，一方雨季
都会像月光一样泡得又嫩又白

和平市场

每次经过这里
我都会看见
青菜萝卜红红的辣椒
这些来自田间的事物
总在黎明之前
把一片乡下的月光带到城市
多少年了，就这样
它们纠集了一年到头的汗水
只为了满足
城里人的饭碗
每一天空虚的内心

这些沾满泥土的口音
比如一只土豆，一捧玉米
面对挑肥拣瘦的目光
日复一日总想说出
一路走来的艰辛

在市场的北口，一位管理员
用一把只读机
要读出每一头猪的姓名出生年月
一位中年妇女站在一边
一脸茫然　只想把一株白菜或者
一把洋葱的乡愁
带回家去

正午十分，我看见一只苹果
有些倦意
想回到枝头
在落满喧闹的市场
它无法安静地休息

杜甫草堂

好雨时节
从那条红湿的小径
走向你的院落
一枝梨花带雨
一树海棠红秀

门前的浣花溪
缓缓流向
万里桥头
青羊宫的道骨仙风
正向你吹来
唐朝的笙歌

广厦万间
骄傲地围坐在你的身边
把寒士的悲凉
挤成了一幅凄美的画图

草堂人日
怀旧的诗人
从东门走向西门
心情略显快意
就这样寻找着
一位唐代老人的灵感
让她随风潜入
这座古老的城市

在春色满园时
这些向阳的草根
又会回到
早安的花市

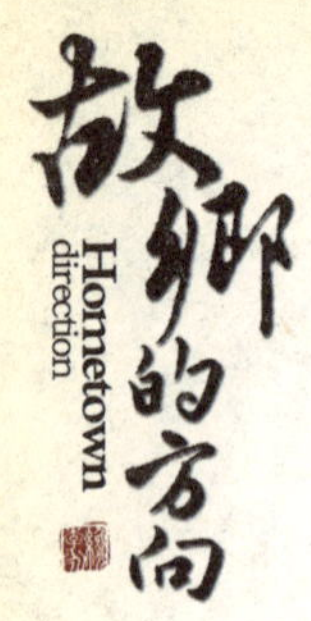
故鄉的方向
Hometown
direction

浣花溪

你的眼前，一朵白云
正好飘来
秋风所破的歌谣
让我怀念
唐朝诗人的立意
像数枝菊花，一枝鸟鸣
流在清澈的溪水

这些流动的视野
是诗人的情绪
在翠柳之上
两只黄鹂飞临，又飞走
一群女子涉水而来
便有三月的花朵
轻轻濯洗
那些拈花惹草的眼神

坐看一脉溪水岁月未凋
如何那样固执地飘着
唐朝诗人的叹息
岸边的草木
手足无措

春熙路

如果不信
你可以让一个下午
所有的阳光陪你
去春熙路逛逛
从南口到北口
那些铺子的一天
一定有新入驻的广告
和长发披肩的女子
一层层地盖住
琳琅满目的人群
像铺子里的商品
码在街道两边

这里的女人，就是这样
把城市的风情
全部写在脸上
像SKⅡ，更像姿生堂
涂满两边的铺子
吆喝着夏天
一件陈旧的T恤和
全部的时尚

这里的男人却像八月
吹来一阵风
一阵暧昧的风
把女人的胸脯
吹入我的视线里
随后，再与身边的女子谈论
总有一天。你会爱上
这里的阳光

锦江河畔

那一场秋雨
不动声色
把我送到你的岸边
一夜的芙蓉花开
整个城池
草色摇曳

一群浣衣的妇女
红湿的衣裙
让站立的水鸟
梦回一境
江船。游走多年
一叶窗户　向谁打开
渔舟唱晚的幻景
我夜夜怀想
唐朝诗人的意象

二十年过去了
风雨依然
不动声色
千秋不改的水声
流走多少
日出东方的绚丽
一江浊水
感叹落日的悲壮
天空。满脸阴沉
我无法推开　昨日
纯净的窗门

守在河畔
那些正在成长的风景
一片苦心，多想
美丽起来

客家一镇

传说洛水如带流走
乐天先人的脚印
这些人，在一条街上
行走了多年
像四处流浪的阳光
寻找埋没在古镇
每一个细节里
那分残缺的记忆

不管云水如何苍茫
总有明月照临迢递的乡关
一粒红豆几朵梅花
守望着南方
小雨落下安静自然的形式

我无数次踩在
沫若书院的石径上
看着这些，面如桃花的脸色
把一生的热情
洒在古老的会馆
难怪乎，这一片土地
天天演习耕读传家的往事

不管罗浮何处
这些南方人游走的方式
如街边的流水
每一个日子
都让人怀念

星期天的某些片段

星期天，我仰望天空
阳光羞于见面　灰蒙蒙的
像尘土飞扬的工地
有人打来电话
告诉我　某些人不在状态
某些人很在状态

女儿和母亲去了一趟必胜客
她们想给期末考试画个句号
一块比萨饼被分成两半
这足够解一学期的嘴馋

父亲把背包提起又放下
快过年了，在城里还是在乡下
这株进城的庄稼在犹豫

我伫立窗前
看见大老远处
那些想家的人流和车流
在我粗糙的诗歌里
成全着这个城市的残缺和坚硬

年　景

冬日，一例地淡薄
午后仓促的阳光
带着几分醉意
远远地，向匆匆行走的路人
打着招呼
他们彼此　用手中的行李
致以节日问候

一位走街串巷的妇人
一边推着灯红酒绿的年景
一边以微笑
招揽寻找年味的顾客
车檐上挂着的灯笼
沿街叫卖　彤红彤红的日子
突然，喜欢时尚的那一只
奔跑到街沿口
一位民工兄弟
脏兮兮的双手
把捡到的惊喜
轻轻放回车上

一瞬间，柔和的阳光
洒满妇人脸上
密布的沧桑

正　月

那里已经披红戴绿
那里紫色的碗豆花见风就长
那是南方的村庄醒在正月
在田野里，满面春风
不等阳光出来
千家万户的烟火
以看似相同的方式
走进了乡村古老的习俗

初　那天，母亲起得好早
赶在鞭炮的前头
把昨夜醉在井中的月亮
挑回家里的水缸
据说，这是挑回了
一年望不到头的好运

正月的村子
除了走亲串戚
就是怀念先人
一家老小，走在烟花迷惑的村口
与梦中醒来的先人
叙说五谷杂粮的农事
一把香火点燃怀揣的心愿
这些年复一年的好梦
被一阵寒风
吹向村边的小河
经久不息地流淌

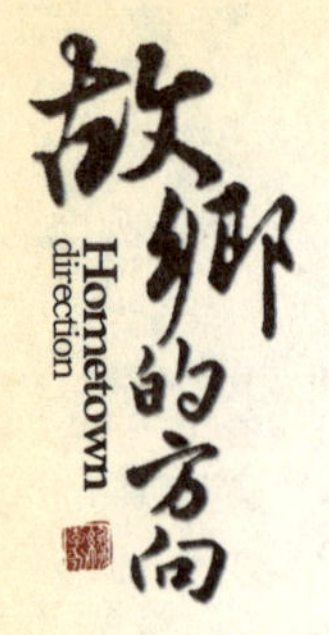

城市车流

从桥上流到桥下
像候鸟南迁，日夜不息
你要流向何处
仿佛动物的习性
把人民行走的路口
让给了成群结队的马匹
宝马，悍马，急于奔驰
铺满名利的广场

这些城市的茶马古道
让多少河流迷失了方向
让多少鸟儿迷失了家园
透过四时的廊桥
透过混浊的雨水
我不断改变行走的方向
也无法寻找旧时的脚印
西风落日　形单影孤
你看那些灯红酒绿
半点可怜的自尊
要么被水泥围困
要么被金属包裹

朝涨暮落
这些时代的河流呵
貌似简单的风声
让两岸的事物
始终在尘世中呼吸
左顾右盼，走进或者走出
都无法回避
一些残酷的旋涡
死亡有多么容易
活着就有多么艰难

不知不觉，我漫无目的混杂其中
然而，我只想说
这是多么可悲
一只白鹭无立锥之地
被刺耳的笛声惊飞

公交车站

这些现代的旱船
在它的岸边，一躺就是一夜
踩着春花秋月
他们又上路了

千古的码头
有水就能行船
在江上，在稻花香里
一条客船，流走了一段水路
流走了，万里桥边
昔日艄公的风流
而一棵老槐树
注视着这一切
守住了　无数个夜晚的孤独

这些古老的船只
而今只好拥挤在
风尘仆仆的街上
依次经过
鸟巢鸟桥鸟类啄食的广场
船上的旅客
从起点到终点
然后就是一生

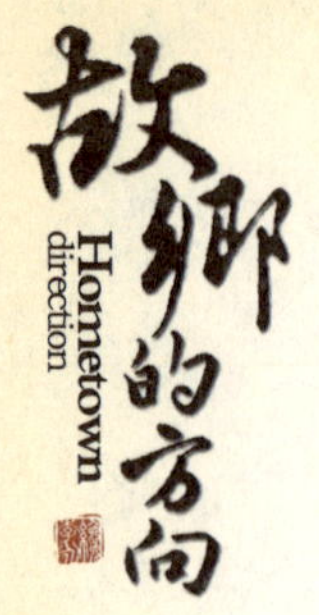
故鄉的方向
Hometown
direction

中华名小吃
金陵一绝

南江小吃馆

这一天，雨下得突然
老板的一招一式
像一份糖醋白菜
一夹炝炒苦瓜　充满
酸甜苦辣的哲学

闲坐南江小吃馆
我把过去，现在和未来存放
在一杯老酒里
体会三种时态
戒烟的感觉如看
梅花凋落入泥
朋友的离合谈论
气功、意念、易经十八
江南流行白色

闲坐南江小吃馆
潮水疯涨的四月
你如桃花盛开的笑意
让岸边青苔顿消
想你，如月的风情
如我内心放飞
一枚粉色的风筝

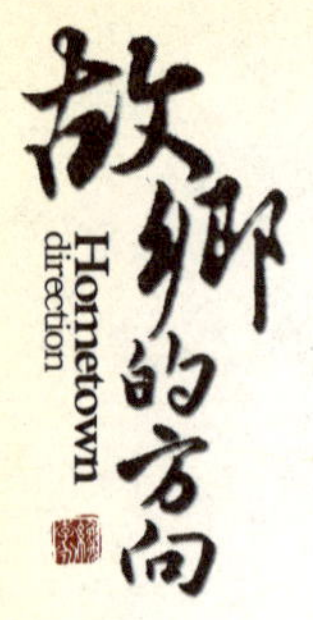
故乡的方向
Hometown
direction

天华路399号

一朵云翠落在此
真有那么美好吗
深秋的阳光
静坐桌边
照着我的情绪

正午时分够美好了
一碗红烧牛肉面
加上几个少男少女
表演着青春
从眼前亲热地走过
就像门前老板模样的人
拥吻一只老板模样的小狗

喝一口凉水
淡淡一句有证照吗
一位深色打扮的女孩
在观音端坐的莲花下
一根火柴把一只红烛
静静地点燃

2010年10月10日：江山

只有道路显得忙一些
秋天略闲
面对坐北向南的窗口
一场必须送别的秋风
看见再多的落叶
也看不见
你内心的孤独

虽然一个短信告诉我
——仿佛百年的衣裙
只是陈旧的痕迹
向我走来

今日的微雾，肯定了
一张清澈的脸
在10月10日的上午
像一册素雅的江山
我低头不语
多情而缓慢地打开

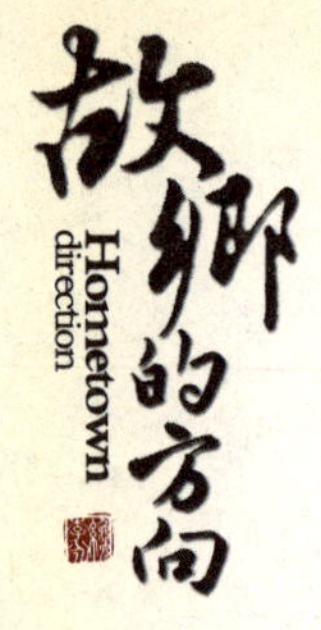

一棵树的怀念

仅在一场梦的时间里
你就放弃了秋天的阳光
放弃了所有的声音
对天空的仰望
一树的冬天
只为一条安静的河流
指明方向
千秋的雪山呵
多想以白色为梦
拥你入怀

我怀念那棵树
年轻如水的夜晚
月光依旧　气温适宜
透过南山的影子
我仍能看到
你和流水的风光

我怀念那棵树
小道上，落叶思怀
简明而安宁的色彩
漫过每一道山冈
那些成熟的果实
沦落街头
许多过往的人
难以选择秋天的结局
还是秋天的收获

夜总会的女孩

一群卑微的燕子
不分季节　以夜为伍
以月光为伍　以歌声为伍
子夜时分，一只酒杯
一曲赤裸的音乐
不停地诉说灯红酒绿的时代
这些招展的花枝
苍白地将自己打开，又收起
一生的春色　洒向沧桑红尘
洒向富而不贵的人群
洒向酒逢千杯知己少

她们的童话，梦想和爱情方式
像纯净的河流，无奈的浪花
有的破碎，有的完整
有的干净，有的浑浊

这些杯具和歌声
让她们的灵魂和肉体
在光明与黑暗中各为其主
让城市和乡村　一样的河流
不一样的流向
一样的花色
不一样的果实

这些风来雨去的落雁
这些远去的歌声
不管酒醒何处
我该怎样为她们
获得一丝一缕的安慰

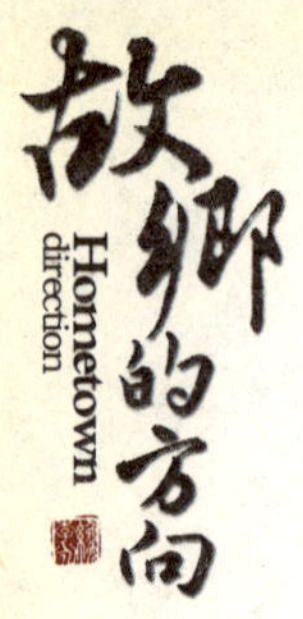
故鄉的方向
Hometown
direction

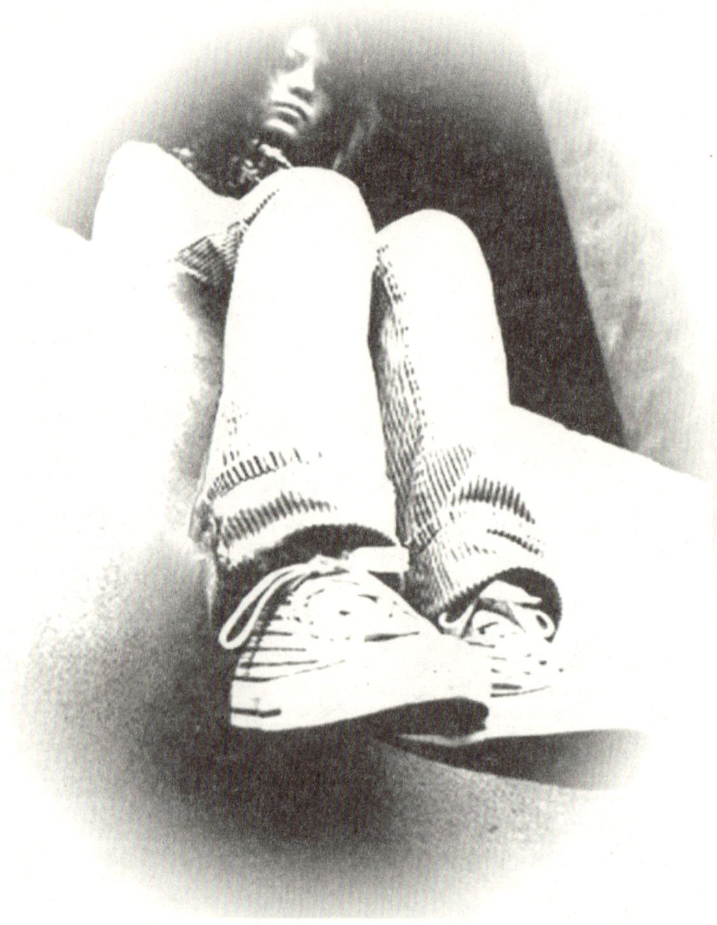

我们其实都很忧伤

偶来的南风
身影如何冰凉
城市的某个玻璃空间
是不是，心如止水？
我神情宛然的眼睛
始终关注着她的方向

做梦的时候
我在等待某些消息
纵然感喟
大树的颜色已经变化
对着无助的河流
我向北方瞭望
仿佛一只湿透的鸟
很想为你忧伤的森林
痛饮狂歌　哪怕
断断续续的鸟声
停留在你额头的宁静
请把朋友的短信带来
其实，我想说
海水甚多
欲望很少

成都，有家茶馆叫宽和

让城市的空间宽广
就打开一扇窗吧
一扇心宽人和的窗
是谁把这些空间挤满
没有流水 没有麦田
没有清晨的钟声
让谁守望这方水土
那些钢铁一样的寓所
墙头、汽车和十点钟的厨房
在金融、色素和群鸟的翅膀中活着
而我们呢，多像一些意外的事物
活在一个华丽的年代
活在一个疲惫的季节

我愿意随风而去
在不同的时间走进同一个地方
寻找那些古典的音乐
寻找那些现代的思想
以及五月 一扇宽和的门窗
那些来自蒙山上的草叶
越过杯口上的云彩
在这里翻云覆雨

从春风隔绝的窗外
走进一池水景
它们保留着内心的宁静
从秋风经过的路口
带来一片天地
它们白露为霜

透过这些善变的叶子
我发现，一眼甘露黔山秀水
把一双粉色的手
映照得典雅而富贵
透过这扇窗门
我看见，山的宽广水的宽广
一条道路和一颗心的宽广
这些风景，像阳光下的蝴蝶一样
飞临城市，一个宽和的村庄

话说白领

白领，不就是雪白挺括的领吗
有体面的工作 却压力很大
有优雅的举止 却内心纠结
会几句半生不熟的洋话
一听就知道
这些雅皮士生活
有腔有调，范儿十足
确实越来越给力

这就是白领
从时尚的路上走来
从名牌大学走来
从硕士 博士或海归走来
朝九晚五 坐格子间
敲键盘 玩鼠标 玩麦霸 玩iphone4织围脖
喜欢率性的波希米亚
喜欢干净利落的摩登简约
喜获少女混搭的复古田园
喜欢俏皮个性的学院休闲
忠于自己 忠于自在 忠于一种情怀
一种老黄瓜刷绿漆的情怀

这就是白领
看《读书》，看《名牌》，看《新周刊》
看《国家地理杂志》，看《了不起的盖茨比》
看张爱玲，看卡夫卡，看韩剧

就是不看中文报纸，不看中国电影
装模作样游走江湖
留连于丽江留连于西子湖畔
铁杆驴友向往神鹰
热衷于情人节 圣诞节 感恩节 愚人节
却忘记了清明节 端午节 中秋节 元宵节
究竟该怎么过了

这就是白领
老一代过去了新一代又来了
不屑凡俗孜孜以求
教养 文化 艺术 股市
口中念念有词草泥马或者马勒戈壁
三五成群愤青一回 臭贫一回
丰胸一回 闷骚一回
玩闪婚 玩隐婚 玩试婚 玩裸婚
玩非诚勿扰 玩坐在宝马车里
哭诉神马都是浮云
笑谈MSN 麦当劳 555 卡布奇诺
听蓝调 玩瑜伽 发黄色短信 买CD香水
啃老一族 月光一族 蜗居一族 牢骚一族
或许有一天 这些精神贵族
告别了时尚的情节
像一条鱼游到浅底
像一只虎跌落平阳
在风声远逝鸟鸣散淡的夜晚
不知是否还有光芒
为他们照亮

这是一个代工基地

这儿，流水线，一条又一条
流着最现代的模具
流着面孔冷漠的机器
流着机器上的零件
这些不知疲倦的零件
一日三次轮回
一些零件休息了
另一些还在埋头工作
比如螺丝钉，这些动作机械的零件
从早到晚　像晚霞一样的表情
被拧得越来越紧

从标准宿舍到标准厂房
一辆辆公交车 流水线一样
送过来，又送过去
从标准车间到标准食堂
一排排模具 缓慢地移动过来
又移动过去
从标准的卫生间到标准的网吧
一双双眼睛 在一台台显示器上
游过来，又游过去

这些年轻的零件呵
像一群站在标准厂房上的鸟儿
有光线才有眼神
没有光线目光呆滞
从这些物化的内心
我仿佛闻到了
一股世界工厂的味道

昨天的歌声与欢笑
被一夜秋风带走
今天的茫然与忧伤
被贴上时尚的标签
一箱箱打捆装车
一车车流向遥远的他乡
随这些集装箱流走的
还有他们的梦想
他们的爱情和惆怅

在这阳光明媚的正午
一盒盒流水线上的饭菜
停留在一双双疲惫的眼神里
我发现，一声叹息
闪烁在母亲的泪花里

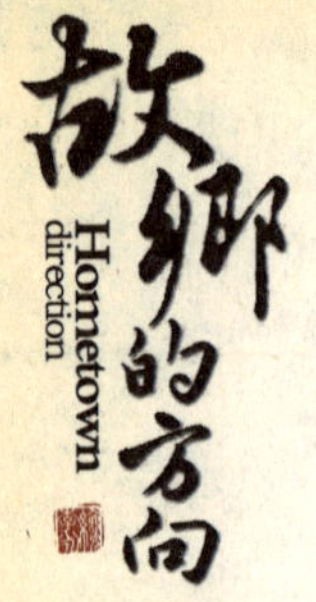
故鄉的方向
Hometown direction

卷三　故乡不是传说

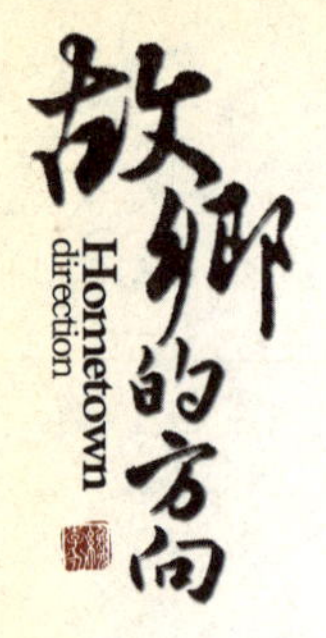

梦想田园

走在城市的边上
面对一群冷漠的脸色
一场虚情假意的蜜月
一派对泥土的轻蔑
我失去了阅读的对象
枕着霍华德的书本
我梦见了远方
情怀富足的田园
梦想那些宁静的时光
纷飞的落叶　迎着秋日
走向水边的风声
检点一路平庸的生活
物流　欲流　人流
像时光久远地流走

站在城市的高处
我梦想田园
美好的早晨
让田野的风光
游弋在光洁的街上
一朵白云　把城市的天空
擦拭成湛蓝的事物

于是城市的黄昏
会有乡村的夕阳飘浮
让田野的晚风带上几丝月光
吹进城市的内心　你会在
窗外的道路上邂逅现代的乡愁
在一株麦草，一树桃花里
找回城市迷失的记忆

让我重回故乡的田园
透过东边的篱笆
在悠然的南山脚下
阅读一个村庄，一条道路，一捧泥土
抬头长河落日低头江南草长
让花朵，树木和鸟群
望着饱满的谷粒
自得其乐
让那些低调的植物
在夜深人静的时候
自然生长
那些青绿的麦浪
扑面而来让我忘记
对城市的向往

回望故乡

从现在开始
我想用一些时间
回望故乡

沿着八月的荷塘
走进田野的秋凉
一只野鹤　几声呼唤
像一个失恋的少女
数落满地黄叶
让整个山路
铺满忧伤

一路上，有雨水
来到远古的枫桥
一竿竹篙
让桥下的流水
音符一样
哗哗作响

九月的故乡
野菊沿途生长
一朵闲云
期待一阵晚风
吹落如水月光
一路风尘如此孤独
我只想把一抔乡愁
重新收藏

故乡不是传说

当我走出乡村
梦想却留在田园
一个人在城市行走多年
而故人不动故土难移
当一阵风吹来落叶满地
我期待每片叶子
都放牧着细碎的呼喊

只有回到故乡
才会从容面对
一场梧桐秋雨
再现半亩方塘
让我种下一地民风
种一处山清水秀
种几间草色的瓦房
种一段悠闲的时光
让野菜　山果　落花生
在炊烟升起的时候
来到我的桌前
我们可以举杯邀明月
把酒话桑麻

多少年了
城市的雨季来临
我就会整天怀念
亲切的村庄里
温和的道路
安静的河流
站在村头巷尾你会发现
一方水土满是乡音土语
仿佛正在叙说
正月的瑞雪
让栅栏独享一种气候
三月的布谷声
散落一树梨花
五月的豌豆花开
把阳光引向一群蝴蝶
六月的南风
让小麦满怀金黄
我欲回到故乡的十月
此时　正是高粱微笑
颗粒归仓

三月的村庄

三月，鸟语如梭
穿过村头
薄薄的一层阳光
立在一棵桃树的枝头
欲言又止的桃花
昨天，只见三两朵
闪烁其辞
饮了一夜的月光，足够
让他们内心　燃起奢侈的火焰
漫过山岭

三月的村庄
一般走着，穿靴戴帽的乡亲
他们三五成群
凑在一起　商量
第一场春雨
什么时候来临
浇湿他们单薄的布衣
和着有滋有味的汗水
在冰冷的土壤和石头上
生长朴素的水稻和传说

三月的田野
整个村庄都能听见
杂花生树的声音
乡亲们把金色的欲望
亮在山冈随风起伏
一望无际的海洋
我相信，那些河流　道路
落日的尘土
都和这阵花事有关

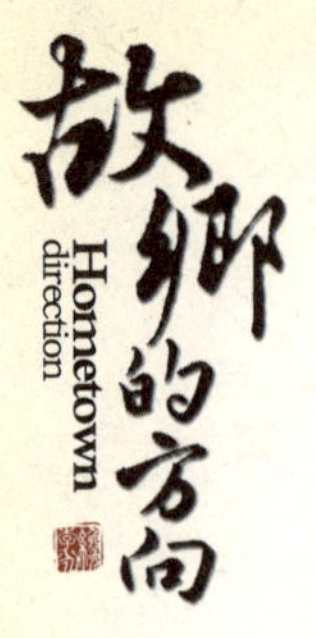

乡村如风

怎样的小路
躺在阳光的怀里
从村庄这头通到那头
面对槐树扬花
只想让昨天的露珠
成为今天的雨水
于是，村口就有风吹进来
村庄就有了
一条河的灵动
一座山的厚重
一块麦地的坦然

天晴的时候，村庄显得如此复杂
亲爱泥土的乡亲
撒在田野上
好像随遇而安的稻谷
不知疲倦地生长

下雨的时候，村庄就简单起来
几只野鸭纷至沓来
以柳枝的曲线
打破湖面的宁静

这一切，有如流水和野花
都是我所熟悉的
只因风吹草低
而无法泛滥

村庄琐事

三月随风吹进村庄
稻田的蛙声
唤来几缕
被雨水洗得发白的月亮
忽明忽暗的光亮
在水草间，追着一群游鱼

村庄的小河边
有一座贫寒的磨坊
据前辈人说，很有些年岁
一头衰老的黄牛
被人蒙上眼睛
沿着磨盘，一直走到现在
水或者时光
从它身边流过

村　口

这样的天气很适合
站在村口
向北方仰望

一些金色的秋风
让田野的玉米和高粱
随河水的流向
走过一段时光

我知道这个秋天
行走至此
内心不再宁静
一派虚拟的山水
让我想起远方的石榴
和我的寂寞
一起　等待南山的梅花
粲然开放

伫立村口像这样
多愁善感的秋天
由来已久　我早已领略
江南的秋风不比北方
始终柔弱有余
既然如此吹来
向左　一派屋顶
落满草色如烟
向右　一丛芦苇
必有一路阳光

如此简单的村口
有这些想象就够了
鸟类的鸣唱
如果有，那就更好

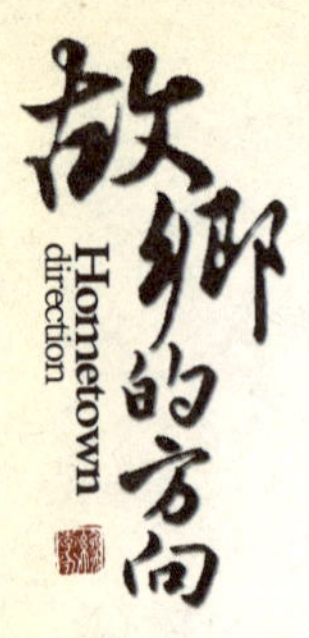

稻 田

几处桃李
一树梨花
为了赶上农时
让花朵开在稻田里
扶犁行走的父亲
忘记了天色已近黄昏

这些正在发芽的幸福
就像一段亮丽的时光
不紧不慢
停落在四周
玉米和稻谷的肩上

似乎没到时候
六月比现在广阔
有风的日子
水稻摇曳
摇落一地
我爱过的月光

因为爱的真诚
稻谷像我父亲
始终面对泥土
叙说稻花里的丰年
任凭月色如银　蛙声一片

我想成为一株稻谷
站在故乡的田野
平静地等待
一把干净的镰刀
等待乡亲们收获
朴素的欲望

池 塘

多么动情的池塘
一夜平淡的雨水
你就泛滥成
一场乡村爱情
仿佛我的父辈
忧伤中　堆积的歌谣
让我保持一生的敬畏

那是怎样的一个春日
我不能记起
是哪一阵微风
将惺忪的鸟儿
吹落树枝　亦深亦浅
踩着自己的影子述说
槐花落满水面
水草生长岸边

在我的心里　土色的池塘
内心十分简略
乡亲们颤抖的号子喊了一月
那一池春水
就有了回声　从此
牛羊闲走山冈
菊花微笑田野

清　明

雨落下，从一棵杏树的额头
艾草簇拥的山道
你看看那些思念的鸟儿
潮湿的鸟声，述说着
闲散他乡的生命
我想说，何其伤心的梨花
像沉默的风筝
落难的水手
从哪一条水路
游走天堂

今夜，我怀念
一场斜风，安排落花的情节
让我把清晨的露珠
送到你窗前的柳枝
我就这样忘记了
一个焚烧的声音
一次断魂的呓语

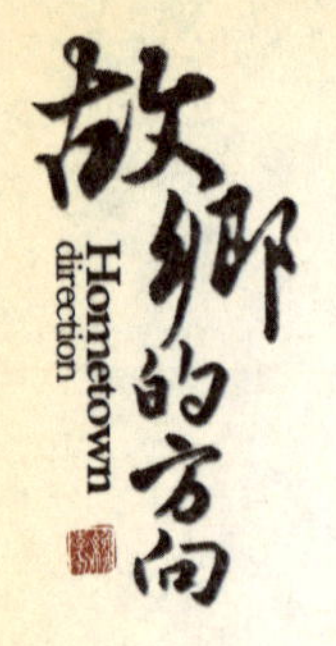

老 街

站在一座简约的石桥上
说起老街
祖先们留下的古籍
似乎，突如其来的
一场巴山夜雨
把河水涨得来不及犹豫
老街便落进水中
把昨晚的月亮顶在头上
也照不见一点踪影

说起老街的家底
铁匠铺里，张铁匠未打好的镰刀
王老二还有一堆土碗没卖完
一把长满老茧的茶壶
田大爷提了一辈子，遗忘在茶馆
被几只渔船，当成文物打捞

在老街东边，陈年的菜厂
被河水迁走
乡亲们从此听不到
那位说北方话的厂长
每天用半导体喊出的
南腔北调
在老街的西边，上了年纪的
那棵黄果树
半个身子站在水中
估计明年春天
不会再长出嫩叶

故乡的水井

多少年了
你静坐水田的中央
一丛水草一行音符
从柳枝落进怀里
好像一双眼睛，如饥似渴
把江南的烟雨
含在内心

在你光泽的国度
一条小道挤满野花
与阳光一起走向
岩石一样的港湾

一个无雨的黄昏
乡亲们低着头
落霞一样
打捞青苔生长的内容
就像捞起一根
救命的稻草

在记忆里，那个月亮
被一只木桶打碎
像一片孤独的叶子
静候早熟的高粱
河流退守，只因为
飞鸟 石榴 山茱萸
和我一样怀念
山中飘落的桂香

故乡的小河

清晰可见
匆匆，流经村庄
我童年的小河
每天都会带走
姑娘们白皙的脚丫
踩出快乐的浪花
原来，如此简单
一次秋风
这些快乐的浪花
就能构成
小桥　流水　人家

涨水季节　野渡无人
几朵苇花　两声雁叫
把一只白鹭叫到船舷
告诉乡亲们
明天的汛期

而此时，夕阳放牧着炊烟
孩子放牧着水牛
他们漫不经心。扯一段红霞
捋一把汗水
悄然放进嘴里　咀嚼
小河流走的滋味

一只鸟的命运

在这个寒冷的冬天
怎样的你，越过
一望无际的菜地
四处寻找干净的粮食和水果

你是多么的不幸
怀着节日的心情
忘乎所以
撞进了一张忽起忽落的网
险些成了人类的食物

你是多么的幸运
被我们精心地救出
惊魂未定。换来了放飞
随后，可以选择一片安详之地
但要擦亮眼睛

你沿着我的视线飞走
我仍然想象着
你未知的命运

蒲公英

这样我就想起
山的那边
天真烂漫的蒲公英
盛开的花朵
照亮了陈旧的村落
早起的月色

尽管样式古典些
这样的石板小径
因为有花朵的照耀
一样有人怀念

想到昨天
这些野花停留的楼阁
现代得只剩下窗台
其内心厚实的苍凉
有谁能够把握

这些乡村的灯笼
一盏就照亮一户炊烟
两盏就勾勒一幅乡愁
一场中雨
就长成几座小楼
拥有这些生活的捷径
谁还会期待远方

一株海棠

听见了，你的脚步
踩在春的呼吸之间
你没有羡慕
诗人对梅花的歌唱
把一冬的庄严
放置一边
从容抬头，与阳光一起燃烧

看见了，你的花色
比桃花红得真实
比樱花开得纯粹
不为山中的兰花迷惑
不与溪边的水仙争春
一颗火热的心，只求过程
一场夜雨，一生的芳香
只平和地散落在
村庄的边上

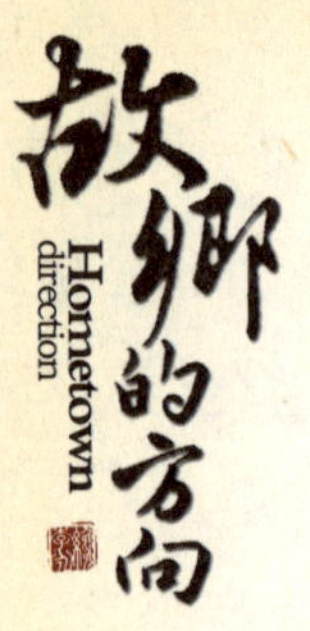

油菜花开

黄了　绿了　有这些色彩
就够了
如果再有一些微风
流过她的内心
闻风而动　整个村庄
就会沉浸在眉飞色舞的海洋

这是因为
入春以来的情事
一夜之间，传播开来
就像平淡如水的日子
在山村逐渐饱满

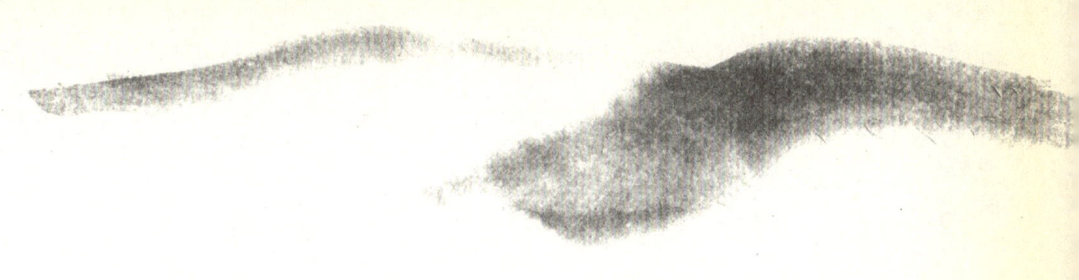

那些金色的诗句
守在翠绿的枝上
如果误入其途
她们就会热烈地落满
你的发际　从不考虑
除了果实，还会生长什么

我想随一场春雨
向她的深处走去
但又担心
起步之后
会醉在她的怀里

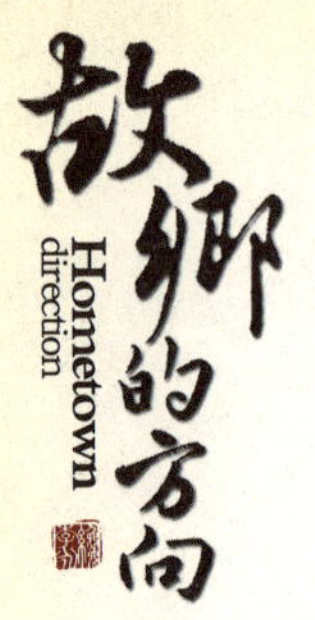

桃花朵朵红

嫣然一笑
走出烟雨，又入红尘
几分姿色朝三暮四
闪烁在这个妖艳的季节
面朝南方的风
把多少江南女子的羞涩
吹落在这个粉色的山村

又一次经不住诱惑
如流水月光　你的柔情
让我站在去年的门口
想把那些粉色的记忆
揽在自己的怀里
这时，漫山遍野的阳光
正与这些白里透红的事物
眉来眼去

临近黄昏我发现一只蝴蝶
止于枝头，为情所困
或许就是这些事物
故意设下了桃色陷阱

坐在榕树下

因为游子的张望
这棵千年榕树
向我挥动手臂
亲切地招呼我坐下
选择一种姿势
坐在它的怀中
我没有告诉村里人

一只翠鸟站在树枝上
先是向我点头
然后沿着阳光的来路
微笑着飞走

一阵风吹落几片叶子
拾起一片，我想了解
是否和乡亲们有关
是否和一片菜地，一堆粮食
一个雨季有关

在故乡的路上

故乡的路
不问远近
不问出发的理由
走过老屋，一片树林
不管是初一，还是十五
乡亲们的微笑
和熟人的招呼
让你走近一处灯火
明月一样的目光

在故乡的路上
杜鹃啼红杨柳飞絮
山上野花开遍
流水不停缓缓地流走
阳光的灿烂
和一地的花香
水走多远，香飘多远

走在故乡的路上
层层枯叶流落在
收割的麦田上
乡亲们的向往
像秋后的果实
被一阵凉风
吹到很远的地方

故乡的路，离我很远
其实很近

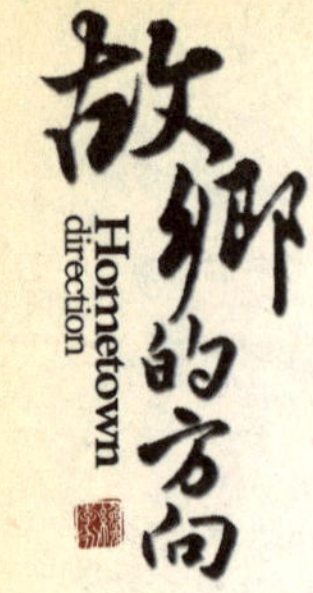
故鄉的方向
Hometown
direction

卷四　在山水之间发现

烟雨江南

窗外平畴
河溯经行的地方
有早莺不断从眼前掠过
一只或两只或者一群
争抢暖树的枝头
试着让斜风细雨
裁出低垂的柳丝

一路轻言软语
要说些什么
对于小桥流水
对于一派烟花
这些三月的断章
是否那个丹青男人
一半手势
挥就了这些熟透的风光

偶来的我，或将拥有人间季节
穿过这些神奇的田园
亲切的记忆
让我掬一片落红
抚筝而唱
一曲江南烟雨
让豆花成实谷苗成丰

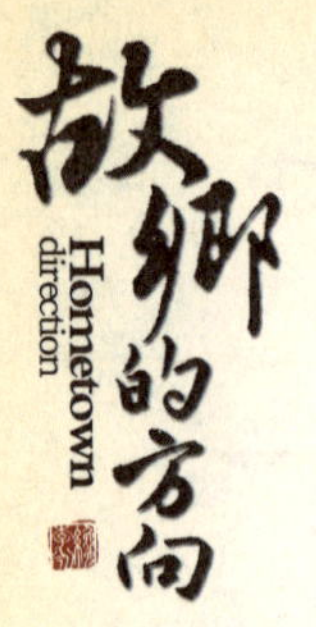

水乡乌镇

除了窄窄的巷子
只有时光与流水 养育着
晴耕雨读
把酒话桑麻的人家

他们的一生
注定与流水有关
像一只篷船
沿河而行
来到青石桥头
所有的流水都是出路

这一方水域
两岸红柳
让一习月光
迷失在苍凉的码头
月下的西栅
一路楼台　半明半暗
万家灯火如纷纷落英
让粉墙黛瓦的村庄
挂满千年的沧桑

这些长长的巷子
像几只斑驳的船桨
把青石之上的思念
摇落在梦里水乡

一半勾留是此湖

或急或缓
从瓜洲渡口
走进清瘦的湖边
走过二十四桥
半春的西楼
一枝羞涩的樱花
像身边的江南女子
比对岸的桃花
开得含蓄

这些陌上的花事
这些神仙向往的静物
被三两点雨水
洗得不动声色
但我仍会听到一些动静
零落的烟花
或是何处玉人的箫声
让一只红嘴蓝鹊
梦回古朴的画舫
老三老四地走动

这些南方的婉约
我始终捉摸不透
只想晚来对酒
让二分明月
醉在湖中

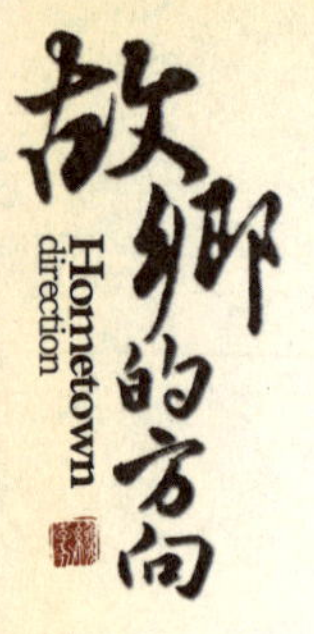

千佛岩

坐化千年，这些唐朝的禅意
在青衣江边把一壁江山
修成无边的旷野
一脉江风，吹落残阳
在鸟鸣山幽的泾口
一条栈道，从秦汉走来
不见渔火不闻那曲
远行的人呵，面对如此苍茫
你孤独的步履
能走多远？

昨夜，千佛颂经
那缭绕，那悠扬
让青山不语流水无声
了如半轮秋月
从佛的掌心升起
映照三江

我多想把自己的屋檐
建在岸边
让这些禅音
在屋檐下走动
一个人面对一朵浪花
几分佛心，即使静如止水
我以为，也难以数清
黄昏的雨滴

一座饱读诗书的古城

总有些人行色匆匆
从湖东无数次往返湖西
远景楼的目光成天打量
对岸幽雅的星级饭店里
住着梦中的苏轼
郁然千载之后
在场主义的先生们
守候着三苏祠里
堆积经年的文字

傍晚的夕阳
对着空旷的联排别墅
洒落一地
那么拥挤的车流
在天光云影之间
与湖水擦肩而过
东坡广场过早地响应
生动的舞姿
像秋风过后
满地飘飞的落叶
每个姿势都那么认真
似乎这座城市
因为月光和诗书陶醉

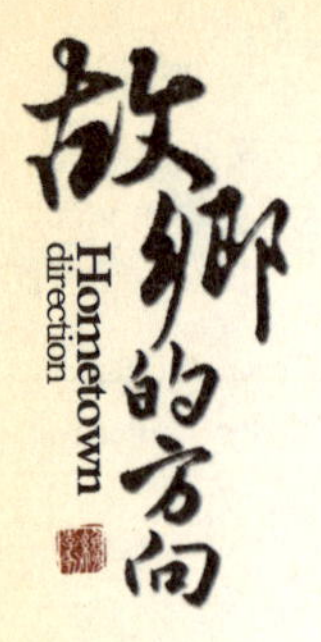

柳江静流

像河沿的野花
我们的脚步
追随晚秋的风声
踩在柳江简洁的石径上
我记得那一天
花溪河很清，很静
我们能看见，一缕质朴的阳光
桥头写意，把水边闲散的吊脚楼
描绘得多么深刻

我们能看见，如此抒情的溪水
让一群野鸭只顾倾听
水草交谈的声音
风过处，独坐一角的老人
把那些斑驳的语录
看了一遍又一遍
除此之外，我相信
他仍会在意
曾家的女子是否还能
借一段霞光
把李家的稻谷照亮

柳岸黄昏，雾锁江廊
我们能看见
几株古榕，站在青石里弄的边上
对古镇升起的炊烟
它们深信不疑

中岩寺*

爽风百里
吹过秋天的屋檐
轻声述说，中岩寺的小窗
随风而去的古意

在岷江边上
打坐千年的菩提树
把一轮苍凉的月亮
挂在树枝上
低头张望，一地落叶相顾无言
转身汉阳码头
云收雨歇芳草凄凄
一棹扁舟过于弱小
载不动王弗，郁然千载的忧伤

一群智者不知疲倦
与年轻的苏轼彻夜讨论
初恋的情节以及
唤鱼池边
一顿简单的午餐

在黄叶村头，鸟儿栖落的地方
你是不是，在用抽签的方式
让我们立地成佛？

注：中岩寺位于四川省青神县境内，岷江边，唐代遗址。苏东坡年轻时曾经在此读过书，现存有东坡读书楼。王弗为县城名流王方之女，十六岁许配给苏轼为妻，结为佳偶。

古城阆中

走进五月的阆中
你就走进了唐街宋肆
那些客栈大院和古槐
停留在街道两边
看这一片山水
如何被风雨惊扰

站在华光楼的廊上
不管风向如何
你都能看出
先人们说的风水
就是藏风聚水

从南津关看过去
两千多年的夕阳
还是这样照着
不管渡船是否靠岸
青山绿水之间
花朵照样开放

渔火点点的嘉陵江上
流着一方秋意
夜半钟声时
一代儒生像一群白鹭
飞出了庙堂

三星堆遗址

我随黄昏的寒雨
在你的身边
安排了一些阳光
在一大片麦色里
背对着几千年的迷雾
我在看些什么呢?
一棵神树　苦苦等待
那只走失多年的鸟儿
重新回到它的枝头
像燕子回到屋檐
树叶滑落沼泽
那是飘摇的风雨
消灭了一座城池?

有时，就是这样
在空旷和繁华之间
如此遥远的文化
偶然与你对话
就如一派晚烟
越过楼头

听凭记忆的黄历
是否对其开放
沿岸歌唱的谷物
江边灰色的花朵
依旧如火如荼

白鹤梁*

那一年，白鹤栖梁上
只为等待一位修道的真人
那一年，渔船停在岸边
只想让成群的鱼虾迷失津渡
那一年，一对石鱼游走你的楼台
只为告诉人们一段丰收的岁月

千古过客踩在你的脊梁上
闲看江水泱泱 从西向东流淌
流走了朱子，黄山谷
一代骚人传道授业的梦想
流不走晚风吹来
灯火闪烁的渔歌
有鱼就有神性
有歌就有生命

一条古巷因你而暗香浮动
一座古城因你而毓秀钟灵
一湾沧浪之水 让江边濯足的女子
仰望引吭长鸣的百鹤
一束阳光或者一朵笑意
是否可以
让一记情思托付

注：白鹤梁，位于涪陵城北长江之中，一段长1600米，宽15米左右的天然石梁，上有唐初以来历代文人骚客留下的大量诗词及图像题刻，枯水时显现出江水，预兆丰年。国家级文物。

平乐古镇

这样的古镇
选择一次，或者两次
五月或者十月
不足以习惯
小桥流水
平沙落雁的生活

当我在这个黄昏
与梦中的卓家女子
在那条秦汉驿道上
缓慢地走过
好像一只竹筏
把一段千古的尘缘
缓慢地摇过
看着这些寻江而来的闲人
四时为春的小镇
我只想踩着白沫江的浅水
梦回大都

这样的古镇
有古榕站在乐善桥头
这样的青石桥
一座,过于简单

两座就足以让
经纶世务者 窥谷忘返
那就让他们走进小巷
走进酒池 走进炉火
走进两边的木排门
走进熟悉而遥远的惆怅
让一段冗长的光阴
在花飞花谢的雨季
静静地守候
百米之外的秋天和谷物

此时，天色向晚
透过月江客栈的窗户
你可以看见
在古码头边，那位钟表匠
一支烟,燃起一根苇草的思想
你可以看见
在河堤的深处
一江山月,越过历史的走廊
揽一怀平淡如水的晚风
确实不为纳凉
感觉只为回忆？梦里水乡
何尝不是归途

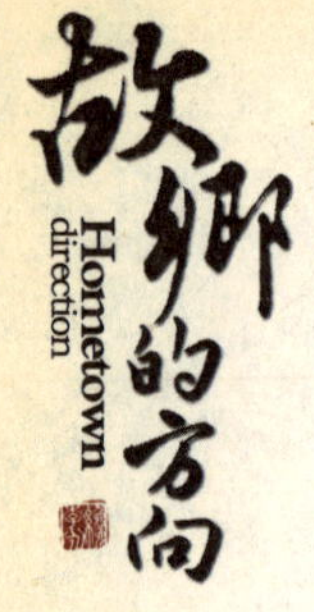
故鄉的方向
Hometown direction

卷五　内心的河流

我的童年

如果说童年
比如站在枝头上的花蕾
把花开的历程
想得过于美好
仿佛白云飘过头顶
天空不再高远

我的童年
是寒冬里生长的
一条瘦弱的树枝
被路过的北风
吹光了金黄的叶子
一双光秃的脚丫
沿着灰色的山路
寻找树枝上
年岁大过自己的花朵

现在，那一片金黄的叶子
和我一样，简洁卑微的表情
在春天的雨水里
好像点燃了
青石板上的炊烟

这时候，我会想到
微风吹过来
母亲的目光所及
河水流走渡船
两岸青山

在人间

多年以后
我从乡村走失
像一棵孤独的草
追赶一群上天的候鸟

多年以后
我迷失在城市
像一只流浪的鸟儿
怀着朝圣的梦想
栖落在喧闹的森林

一样的月亮，雨水和尘土
不过如此
多少次，我酒精一样
忧伤和沉默　情不自禁
当我仰望
城市上空的旗帜　在春天
把一段河水送走
像送走一段久远的民谣

多年以后　我明了
命里缺水土　草根的五月
哪能听见花开的声响
于是，我省略了一切
像远离故乡　一棵陌生的树
认不出自己落满沧桑的叶子
一粒秋霜，一场秋雨
让我重回人间烟火

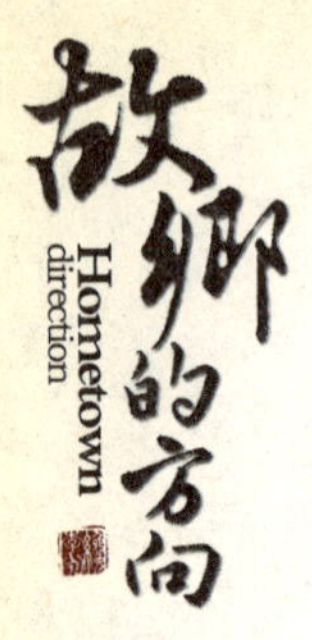

我的大学

那是个雨后开花的九月
二十多年的遐想
被一阵秋风
吹落在陌生的建筑
就像一片枫叶
飘落在去向不明的路口
我就这样，从或明或暗的乡村
游走水土不服的城市

说到我的大学
狮山有桃花盛开
在路边，他乡的蓝鸟
寻着淡雅的余香
飞临嘤鸣园的树枝
多么纯正的鸟语
试图求其偶声

说到我的外语系
女生们总是东张西望
男生们背着
阴盛阳衰的美名
灰溜溜熬过四年
我无数次优雅地
从女生的床边走过
用Peter一样的目光
色色地期待
你深沉如云的脚步
一言不发走了半圈
怎么就撑着
莱蒙托夫的《帆》
快速地游进
图书馆的小站

外语系的女生就这样飘着
站在九舍的阳台
骄傲的头颅
把单词一样的星星
数了一遍又一遍
好想摘下生动的一颗
放在枕边
做着与外系男生厮混的美梦

外语系的男生就这样流着
诗文的诗歌企图
与向阳的吉它
没有什么两样
在春风沉醉的晚上
把橄榄油浇了一身
烧鸡的大手
总算穿过了马妹的黑发
我同室的睡美人呵
你闪亮的目光
把教授们的呓语
照单全收
多少次黑暗的考试
你像完成一份烧白
如此畅快淋漓

说到外语系的食堂
摆满了惠特曼的《草叶集》
也有斯汤达的《红与黑》
你可以在艾略特的《荒原》
选择斯托夫人　和她同居
在《汤姆叔叔的小屋》
从深山失落的野鸟
吃着半生不熟的西餐
岂是《傲慢与偏见》
我从未真正消化过一次

从那座透明的房子走出
被洋字母无声戏弄
被洋教授热情奚落
被女生的爱情遗忘
我还有什么收获
写了几行东倒西歪的诗句
请允许我把它晾成风景

外语系的喜鹊
就是说，啃着外国人的汉堡
从嘤鸣园缓慢走开
只剩下，一地的洋槐花
仍在　现代派一样思想

致父亲

父亲，你真不容易
一间矮屋，向阳的草根
把前世和今生的苦难
连接起来
你走过了八十年

一辈子坐落在
这个贫瘠的山村
前有照后有靠
据说风水不错
有风，从北方吹来
把堂前的燕子
吹进了你的屋檐
却吹不走一生的艰辛

父亲，你真不容易
一个人像一盏昏暗的油灯
用微弱的灯光
照着一群不更事的孩子
也照着劳作的母亲
一把锄头，运用自如
将屋后的小路
修补了多年　让我从此
踩着你辛酸的脚印
一步步走出了山外

父亲，你真不容易
一方零碎的水土
你把它种成了几亩麦地
到了收获季节
你弯曲的腰身
比麦穗的姿势还真实
就像一把木犁
坚守着纯净的稻田

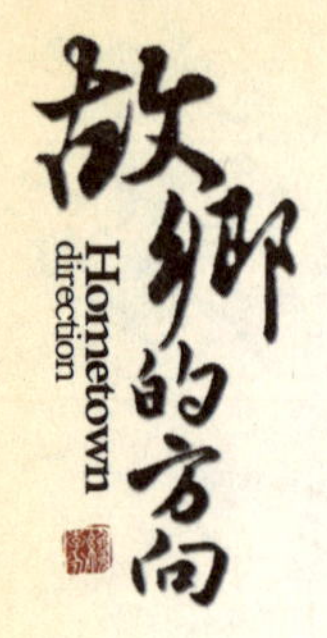

写给母亲

这些年，我反复梦见
我的母亲，她的袖口和
眼神沾着泥土早出晚归
一把锄杆，两只镰刀
三尺纯棉的土布
在梨子坪的路上
一走就是七十年

村口那条小河一直在说
母亲的身体像节气和庄稼一样
时好时坏一有阳光
初开的桃花和三月
就会一起表达
母亲的忧伤

我的母亲，巴山夜雨
你种的高粱，在六月以后
红了一面山坡
桐子花开的时候
你拨开青草和石头
把我领到弥勒堂前
用一蓑烟雨，把我的小学
装进一只青色的书包

门口那棵千年的黄果树
我一读就是八年
然后才发现，地上有多少落叶
母亲就洒落了
多少汗水和泪滴

我的母亲，一段贫苦的土墙
是你安身立命的本钱
开荒，播撒玉米或稻椒
四时的柴草，让一灶炉火
燃着安详
一捆新鲜的稻草
把五谷一样的儿女
拉扯成人

我的母亲　天色已晚
快将身体的疲惫
就着月光，在一张陈旧的凉席上
平静的放下明晚的老屋
一盏油灯
仍会把一家人的灶台
点亮

捡拾生活

不管季节是否愿意
村里的那群孩子,总会
不断涌向空旷的田野
把风吹落的
乡亲们的汗水
细心地捡回家里
这似乎就是
他们贫苦的功课

从春捡到夏从秋捡到冬
跌在雨水打湿的路上
那是常有的事
麦子,谷子,玉米叶子
豌豆,土豆,初开的蘑菇

提一篮满是泥泞的光阴
捡一把六月的阳光
在寒冬,母亲用作烧饭的柴火
捡一轮中秋的月亮
孝敬年迈的奶奶
点燃穿针引线的油灯
在饥饿的岁月
捡破几只提篮
总算捡回了
我瘦小的生命

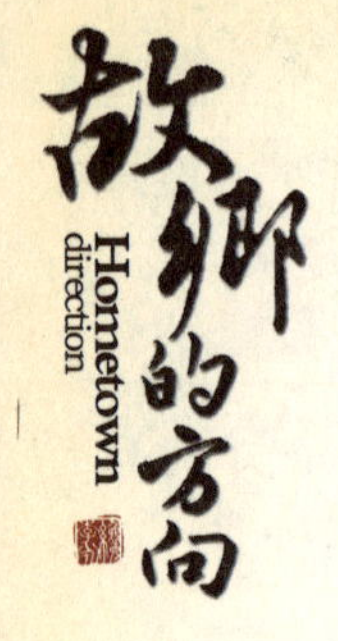

妹 妹

—— 写给H、Y

妹妹，时间比如夏天
结实的云如你结实的发际
落叶和阳光在你身后
那是向你
或者其他事物
你纤美的额头如月般光洁
那么多的表情变着
握手、交谈、无言而激动
妹妹，那是你温柔的身影

你的肌肤如玫瑰的走向
充满回忆和忧伤
令我突然想起秋天
飞翔的歌声
敲打花园，蓝色的记忆
妹妹，回忆是漫长的叹息

妹妹，随秋而来的
是你的静夜
精致而温婉的阳台
其实，几许寂寞

我的纯洁的怀念
你的诗句
该在哪一条道路
哪一片梦中
寂然呈现
妹妹，陌生的季节无法言喻

妹妹，随你而去的
是所有的信任
容易流逝的是白天
小雨落下
局促，依稀的往事
是唯一痴痴地挂念
守住一种气候，妹妹
泪珠滴落
是我无法察觉的心情

住在江边的女孩

江水如烟，我看见
住在江边的女孩
你的身影
照着雨巷的情怀
雨中一把花伞
落满家乡的寂寞
让你忧郁的眼神
不见一丝风尘

住在江边的女孩
你工作了，比我早四年
你结婚了，比我早六年
你的孩子上大学
我的孩子上小学
你的声音有些幸福
我的声音有些苦涩
说起这些日子在我心里
像一个撩人的忧伤

记得那年夏天
一杯浅色的红酒
把你的笑意
引向芙蓉花开的地方
在他人的城市看见我
像街边的流水
低调的生活

住在江边的女孩
记得那年冬天
我走向你的城市
像江南飘散的柳烟
古城的山水灯火宁静
你的秀发
你的手指
像凤尾竹摇曳的清姿
一个人依窗临水
送走一叶风帆

住在江边的女孩
你喜欢明月当头
唱晚的渔舟
向往小桥流水
江南的草色
有些时候你光着脚
独自走在江边
绿草和闲花
映着江水你的心情
像秋天的一朵云
让你回到少女时代

住在江边的女孩
在你家门口
一场雨，刚刚离去
落霞和鸟声
从小巷过来
风情万种的江边
杨柳依依

5 内心的河流

致一位喜欢听歌的女孩

一首好歌　孑然滑落
你生动如叶的指尖
这个时候　闭上眼睛
不必挑剔道路和天气
走向你
享受一生的幸福

听一首好歌
多汁而成熟的语言
流入你久永的情绪
快乐抑或忧伤
扑面而来
灿然如独特而美丽的事物
多情的歌咏
亦如诗人伟大的向往
打动你泪落的雨季
飘洒的音符
仿佛漫不经意的风景
忽略你淡泊一生

一首好歌如你自在的玫瑰
独立开放
所有生活的情节
柔慢的调子
沿着灵感的风帆
驶进层层浪尖
如入春之江南
旧日阳光　七色草帽
构成你心中丰富而深刻的旅程

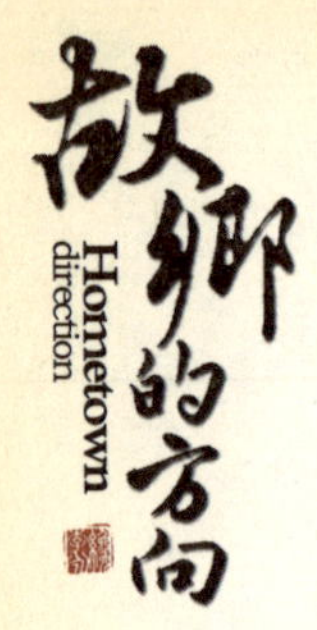

关于沙滩，我说

赤着脚裸着背追逐的沙滩
夕阳吻别黄昏无限柔情的沙滩
淡淡的歌圆滑的卵石孤独月影的沙滩
闪烁着星星写满一叶白云
写满悲欢的沙滩

还记得么
白帆写给大海的汛期
雕刻的位置么
蓝天白云长长的海浪
泛着黎明海风的表情
收集在贝壳皱纹里
海螺声声的情长么

还记得么
海鸥捎来的依恋
精心折一夜叮咛
载满诺言的那只纸船上
七彩迷离的桅杆么
记得热血化成幽蓝的海水
阳光跌碎温润褐黄的沙滩么
海风柔若你的肌肤
海浪馨若你的梦呓
还记得么
……

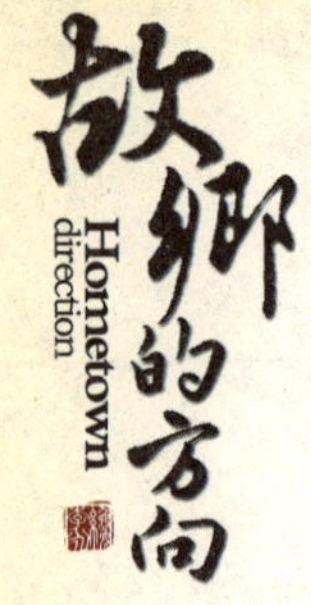
故鄉的方向
Hometown
direction

卷六　风吹四季的草木

春天，一种异样的感觉

好多年了
在春天，群山追逐野花的姿态
一如既往的可靠
让我迷恋
这座城市的东边
渐欲迷乱的世界
而我的记忆，停留在
流水飞花的湖边

呼吸了一天的阳光
唯独，桃花的气息
在我的内心
异常生动
仿佛风吹草尖的声音

经历了一场纯粹的春雨
我还是想问
为什么？桃红柳绿
几只来历不明的白鹭
蹲在树枝上
想了很久

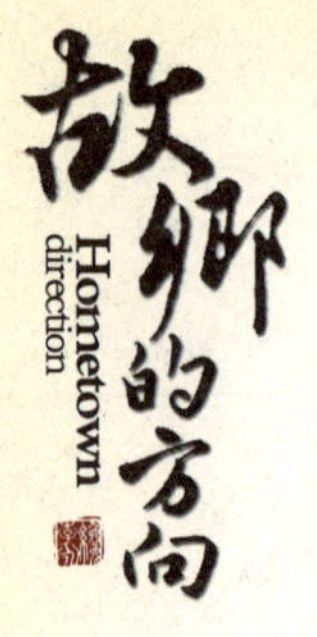
故鄉的方向
Hometown direction

在夏天的梦里

我还在小巷
某一个梦里
寻找凉爽的早安
那些向阳的柳枝
怎么也没想到
夏天的火种　一抬脚
就踏在城市的岸边

毕竟六月的雨水
还有一些情意
月光停泊在我的夜晚
不需要太多的音乐
一阵风来，知了的长笛
就从枣树的指尖
跌落草丛

我相信了，在六月
梦想没有形状
比如一只蝴蝶
对野花的怀想

相约在秋天

多么闲适。几朵白云
相约在秋天
我是这样想念
一只寂寞的鸟儿
像一片怀古的枫叶
飘落在固守的路边

相约在秋天
一只流浪的果实
在午后寻找
音乐的走向
无关乎一种风景
以什么样的方式
改变。就像一把艾叶
崇尚浪漫的月色

相约在秋天
如夕阳随风
你高贵的诗意
我的白马
迷失在金色的黄昏
一枝菊花，在这里
以微笑的姿态
进入我的内心

秋日断想

绿豆绿了黄豆黄的
只是叶子
母亲的镰刀
把一片秋色
悄然放倒
秋风走了
可村庄的日子
还在散落

有花开在藤上
仅是为了表达
橘子红了的时候
房前屋后风过竹林
雨打芭蕉的艰辛

此时，田野上落英流水
一株白菜的神性
把牛羊的脚步
收获殆尽
不管树叶如何矜持
秋后的日子
怎么算　也不多了

月光有约

微风过处
清浅的日子
几分几秒就旧了
好像月光好像你的眼神
如约而来不辞而去

我立在河谷的左边
对一朵野花微笑
对一位静若止水的女子
表示爱意
看一眼流水　人约黄昏
在草木之间，一盏灯火
让我脚步零乱

这样的黄昏
几许沧桑把一切看透
然后回到低处　那些
冬去春来的草丛
看看能否找到
昨日的阳光

我想应该这样
让一段风花雪月
把这些心事
种植在你的空间
坐等岁月流逝
你的空间，恰似江南雨巷
随丝竹而瘦

人如黄花，月如止水
我能怎么样?

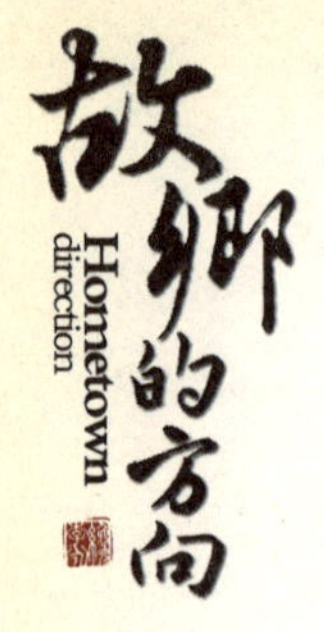

在秋天的窗外

在秋天的窗外
我握住一片发黄的绿叶
这是秋风
习惯性的举动
直到把树枝上
仅存的叶子
摇落一地才算
走遍万水千山

如果可以
我愿意重回夏天
让六月的山花
心甘情愿
在季节之外
渐渐成熟

也许阳光并不理解
平淡的事物
也需要照耀
进入秋后的日子
色彩不再简单
顺着秋风吹来的方向
我察觉，知了的歌声
正沿杨柳的驿路奔走
想到不远的前方
将有一夜风雪
他们又停在原地
悄然无声

郊 外

省略了都市的行人，车辆
许多疑惑。无法打听
最后一场雨水
告别村庄的时间
清晨，阳光翩然
炊烟宁静

打开绵延的山峰
我惊异于
一夜秋天的风
吹走郊外的山色
把满坡的谷物
吹成金黄躺在
满怀希望的路边
静静地倾听
风吹琴蛙的歌声

我无从知晓
远离闹市的花朵
如何落在，流动的河道
仿佛在重新说出
一汪瀑布，对梅枝的怀念
山冈上，一片松林
站在白云深处
把寂寥的秋色撒在
野草疯长的荒丘

秋天深了

晌午有一些阳光
之后就吹起了秋风
一座城市忘了季节
该是沉静的时候了

草木先知先觉
沿着花开花落的小路
回到了故乡
这就是一片叶
在秋风秋雨中
流落草尖的方式

北方几声秋雁
把月色引到南方的村头
于是清风明月
晚来含香

冬天印象

凝固的气流
摧残、堕落了世界
落叶一张张走出街心
柏油路苍白斜视
阳光打着旋儿
云从远方朋友处
捎来两片羽毛
天空终于画出了
下个世纪的人像
赤条条全精全骨

这个冬天
世界上少掉了热闹
城市空荡荡　任
未知的命运摆布
一把老吉它
唱着凄凄惨惨的怀念
一只寒鸦和树枝冻在一起
空虚的化石
忘记飞翔
口里的香烟
还存一丝热气
孤零零的玻璃颤栗忧伤
唤不醒一丝光线
疑惑的风死死缠住火的外壳
用手摸摸潮湿的天空
隐然觉出
冬天终于埋葬了
这个世界

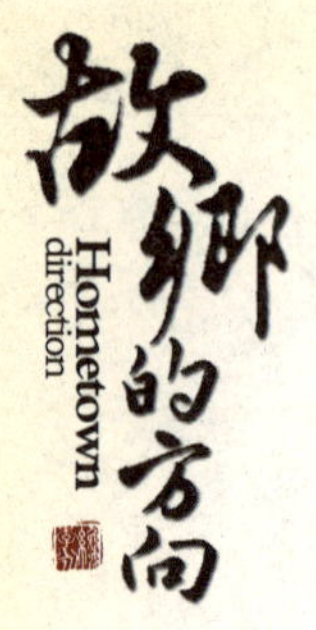

冬日阳光

如果要到来
一定接近正午
像神性的牧师
对着无情的寒风
赤裸的树枝
对着行走的云朵
静坐发呆的石头
对着这些季节的真理
我们都缺少热情的词汇

你想找回八月的云彩
让年轻的微笑
让浅显易懂的幸福
流向手中的西窗
让风变得柔和
让梦变得美好
让南方生长
一片友爱的麦地
一方光滑如镜的池塘
让城市与乡村
开满喜悦的花朵
让这些美好的事物
径直走向生活的每一个领域

这些难得的光芒，真实的芳香
像英雄的鸟类
像秋天的金叶
铺满城市的道路
铺满乡村的田畦

我多么希望，像你一样
像歌唱雪花的女子一样
像所有情人的目光一样
停留在不言而喻的水岸
面对冬日这些无边的落木
荒凉的时间之乡
随南风之后
那些深蓝的花朵，冬眠的食物
会回到春天的建筑，透明的河流
回到紫色的月光
回到露珠淌落的草场
回到生命之上

与一只羊有关的节气

从乡野 草原 异域的河边
一只羊，或者一群羊
向往温暖
来到这个南方的小镇
是林肯，鹅喉或者细毛都无关紧要
既然来了，就与这个节气有关
它们幸福的命运
这些羊群，或许早已知道
节气越近 它们的行程越短

一只羊，神情木然
像一只落雁
飞临远方的塔顶
这样的形式
让人怀想南方的羊城

我仰望这只崇高的山羊
只见它昂首向东
夕阳就下去了

沿着夕阳行走的路线
我陷入了圈地运动的草场
一群雏鸟的声音
在山羊悲悯的眼里消失

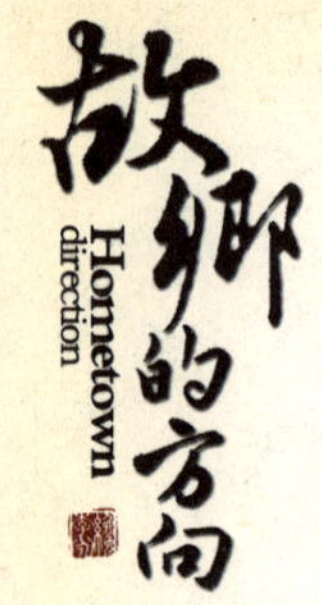

卷七　惯性生活

母亲，祝你生日快乐

母亲，今天是你的生日
你的微笑
好像正在升起的太阳
穿过岁月的山冈
六十多年了，你的热情
一直在秋风中燃烧

母亲，你念念不忘
在南湖边上
一只古典的小船
用它悠远的桨声
把一段落霞摇醒
在秋水中，染红了一杆旌旗
一个秋收的季节
一介书生，带着赤脚的乡亲们
从井冈山的小路
走到瑞金城外
从遵义的楼头
走进延安的风雨

母亲，你记忆犹新
一条奔放的河流
静静地流过
古塔脚下的艰辛
一辆纺车，日夜不停
在南泥湾的山坡
播洒荞麦和野花
一盏油灯，光线远逝
在简陋的窑洞里
点燃星星之火
一双陈旧的草鞋
在二万五千里路上
行走泥丸
就是这双草鞋
从西北坡出发
走到脚步匆匆的北平
一代人的命题
一群人赶来解答

母亲，一段山路
羸弱的身躯
你走得实在蹒跚
我至今弄不明白
乡下人种的粮食
为什么要用
城里人印的号票
才能换取苦涩的生活
也许并没有理由
起早摸黑的人们
还没有走出
忍饥挨饿的光阴
那时候，你也觉得好奇
有知识的城里人
怎么兴高采烈地跑到了乡下
捧一本《西沙儿女》
在打谷场边有模有样
寻觅人类幸福的理想

这就是生活。谁会想到
这么生动的段落
一阵悄然而至的春风
让南方的村落
重回抒情的时代
理想主义的脚步
再也挡不住小冈村人
对粮食和水果的热爱
自然的山水重新构筑
一个民族，行走的姿势

母亲，祝你生日快乐
一支乡村民乐
该用怎样的嗓音高歌
歌唱你的土地
有芝麻开花结果
歌唱你的血液，在晚风里
从草根的生命中流过

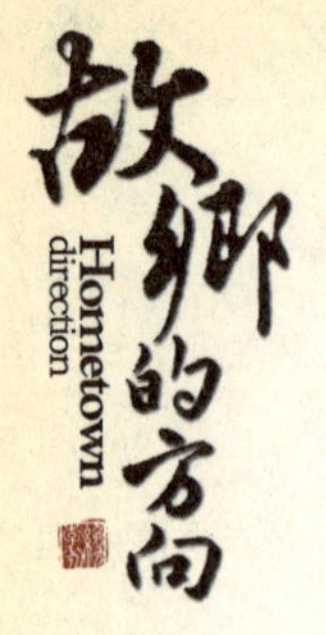

怀念弥勒小学

这里偏东　从六岁到十二岁
我的目光一直仰望着
教室里那块黑板
偶尔望着窗外
轮船向东落日向西

那是1972年9月1日
母亲把连夜赶做的蓝布书包
挎在我的肩上　就这样
一个山里孩子光着脚
坐在了弥勒小学的教室
像校门口那棵酸枣树

二十多年了，我还在怀念
刘其圆谢敏梅安乐张地福等等
这些传道授业解惑的我的老师
像那座庙里的佛心
让智慧的雨水
打湿了我童年的夏天
我还在怀念
李旭光老师发光的前额
我一直想知道是不是
在五里店，花三毛钱

为你打回的洋油
全都抹在了头上

二十多年了，我还在怀念
弥勒堂屋顶的鸟声
陪伴我朗读饥寒交迫的早晨
我还在怀念，古寺的钟声
日复一日，那么单纯地敲响
让农家孩子的梦想
越过玉米林地走向山冈

我怀念生产队会计张大叔
他笔下的二十几个字
每年都成了我学费的支票
我怀念那把黄泥巴算盘上
父亲留下的手印
我怀念这所小学
其实，我读得无奈
读了五年。从未在开学的时候
领过新书

别了，萨缪尔森

据说你很有天分
把哈佛大学的经济学
读成了自己的作品
于是你成了我们老师的老师
你让凯恩斯弗里德曼站在两边
把西方经济学复杂的东西
在东方这个古老的国度
语言简单口气平和地传播
一本正经的畅销书
我却没有真正读懂过
走马观花也能感知
诺贝尔要赞扬
不同凡响的声音

其实　你走得有些匆忙
来不及用父亲的秘方救治金融危机
如果是累了　片刻休息
或许会无意中透露我们
身边何时再有大师
穷人与富人何时成为友人
善人与恶人何时成为故人
东方与西方会走向何方

大师走了，经济学并没有合上
这一刻，那本天才的教科书
让我们换一种方式思考
一群人守候另一群人的本意
精神自由了
物质却无法平等
或许他乡更需要鼻祖
结满财富的果实
别了，我会忧伤地说
走到哪里仍是经济学人
梦想停留的地方

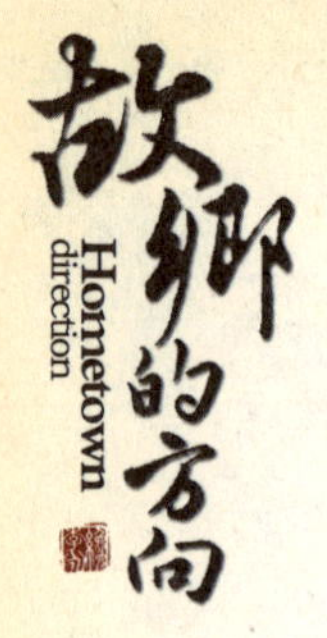

惯性生活

在低处里梦见，高处的星星
在一本西方哲学史里醒来
我头脑空空
秋去冬来，这天气，这冬日
让我想起苏格拉底，或者柏拉图
窗外一点阳光，落在我的唇上
我怀念当年
暗恋女孩的温暖

这是生活，我的惯性生活
水在瓶中，冷暖四季
像树木的年轮
躲开尘世的目光
在江湖深处
向他人祝福
像秋后的芦苇偏安一隅
守住江岸的孤独与冷清

这就是生活，我的惯性生活
一切残酷的段落，都不会缺席
就像回家的路上
披在肩上的冬衣
度人生苦乐，阅世事沧桑
对于我，已是太多奢侈
对南方的土地
对漫步田间的老农
对这些秋后简单的事物
我应该心怀感激

以泥土和草根为食
饱含泪水，两手空空
我不能仅靠幻想生活
在高处，看着山坡河流水草
这些低处的声音，你知道
我不能表达太多

午后时光

在午后寂静的道路上
我看见，善良的时光
像田野盛开的植物
花花绿绿的外表
传递我们彼此的忧伤
难得的阳光
刺痛我的想象

这个季节，我看见
鸟儿，树枝的微笑
绽放在嘴唇
是一些云彩
是一些使人倾心的雨露
好像你纤细的秀发和思想

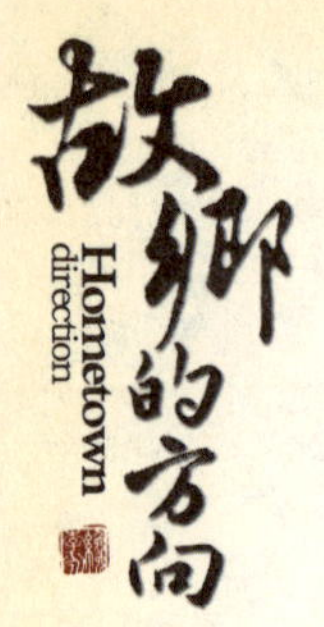
故鄉的方向
Hometown direction

香炉

而在正月，寒风劲吹
那些虔诚的香火
把一只香炉
照得满面红光
在欲望之上
这些温暖的声音
让它的内心无法平静

这些点亮红烛的火焰
这些燃烧纸钱的火焰
这些照耀希望的火焰
从它的内心升起
忽明忽暗，梵音缭绕
把古寺的院子
淹没在暮色中

一只正月的香炉
燃烧之后，多么安详而宁静
像一个僧人，坐在岸边
充满虚空，就这样
被风吹着，被雨淋着
什么都没做，什么都做了
对一只香炉，我心存敬畏
什么也不想
什么也没做

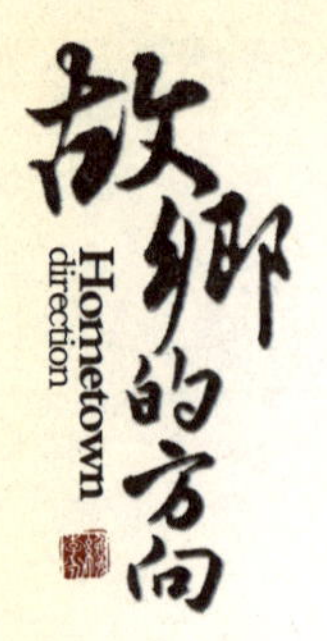

致我的同桌

这个夏天，有些不可思议
就像你的黎明
出乎意料地
走进我的小屋　其实
我已经习惯
让梦早些醒来面对现实
像一封远方的来信
询问我眼前的时间

这些年，我始终记得
那些校园的风
用熟悉的声音
第一次推开我的窗门
像你舒缓的刘海
抚过我的指尖

难得的雨后天晴
适合喝酒的日子
实在不多，这么孤单的过去
我为此倍加珍惜
你随心所欲的文字

这个夏天
来得有些残酷
阳光毁掉大片的森林
一场风雨，让高贵的希望
悄悄流走
我多么希望
从此以后，你诗意的秋天
会以约定的方式
重新回到我的身边
夜色这么好
让风吹过去

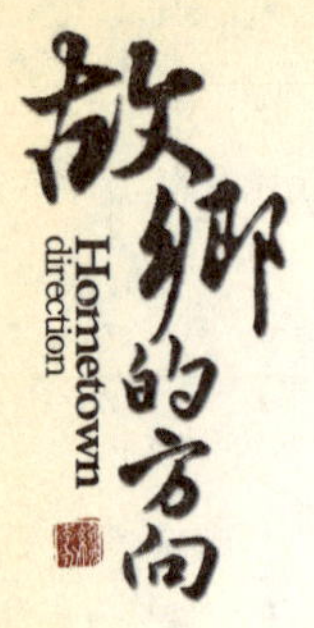
故乡的方向
Hometown direction

相见不如怀念

一进这个城市随之而来
一场雨落在车站
成熟的一角
这一天太近
你不在眼前哪能体会
一些生动的文字
一些宁静的音乐
幸福地降临你的眉梢
辽阔而宽广

此刻的天空
多么简单
只有雨水仍在打听
你今天的行程
是否落满
四月的牡丹

这些年，回忆太远
在我心里
早已长成不见开花
只见结果的草籽
撒在昔日潮水涨落的江边
洗尽红尘　只剩下
一个纯净的念头
相见不如怀念

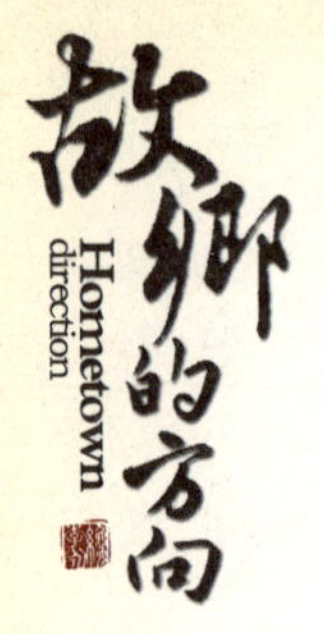

选择一条道路有多难

想走捷径的人很多
我也不例外
那是山路情结
选择了一条
羊肠小道几步之后
就显得那么成熟

向上行走
一定有古典的村落
在花朵与树木之间
在青砖灰瓦的檐下
安静地生长
几只山羊尾随几朵白云
飘落对岸的山坡
咩咩的叫声
表达对草丛的亲近
除此之外一只看家狗
不停地告诉我们
上山的艰难
无法替代
下山的危险

习惯于行走马路
我无法想象
这些深山的白马
选择一条道路有多难
即使有一辆马车
在风来雨去中
也不如一只渡船
可以选择水路

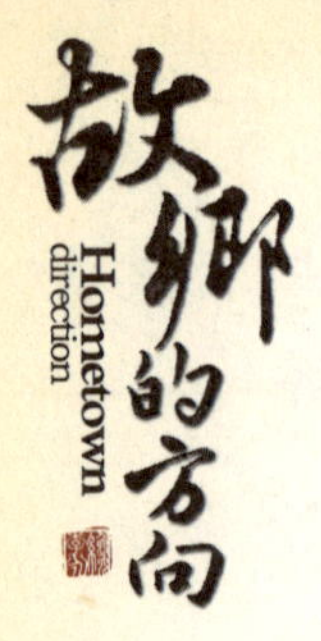

那些整齐的时光

一朵巫山的云
像一只窗前掠过的鸟
误入两江的怀里
你就这样
让长大成人的背影
留在雨中的小巷

这是你的竹马
你的校园，你的同桌
我始终记得
那些整齐的时光
熟稔的心事
尽管前路还有风雨
春天越走越远

有些时候，我怀想
经历太多沧桑
一个人怎么言说
少年的忧伤
许多年了
这些平淡的生活
无关乎长河落日
就像你光滑的鼻翼
在这个雨后的黄昏
有着多么完善的光芒

那些随风的思念
像一曲深冬的音乐
让小巷融进春色
谢谢冬天的寒风
为我带来
你无所不在的春天
落日和雪花像你的目光
像你迟疑的羞涩
在你的脸庞
接近一场风尘

在火车上遇见……

在川西平原的末端
一列动车一动
让我坐在你的面前
你的座位好像生活的舞台
我坐在观众席上

注视一个人 约等于
注视一朵花. 一朵含苞欲放的花
不期而遇的暗香
因入眼而入心

你的微笑和牙齿
排出鸟鸣的方阵
上衣的红是浅色的红
下装的绿是草色的绿
像窗外一垄田畴 不拘形式
像桌上一杯咖啡 心无挂碍
让春色满园 让温暖重现港湾
让一位孤独的行者 专注良久

列车去了又来
但道路仍然清晰

任你转过身去
轻轻地走远 而此时
一习和风掠过
我额上的小桥
好像你低眉顺眼的秋波
送来一场阳春 而你的眼神
多么平静

这不是我想要的生活

在一口茶水里
我想品出粮食的味道
冬天有些恍惚 由来已久的疲倦
让我沉浸在五谷的精华里
魂不守舍 这些珍贵的谷物
从秋天走来 从汗水 耕牛
以及湿漉漉的田野走来
一杯干净的水 一捧干净的粮食
就是我一日的欢颜
独自的泪水 悲戚以及
辛劳年华
让我忘记了故乡

这不是我想要的生活
凄凄草木 风寒雨瘦
我以一百六十码的速度
追赶苏轼，或者李白的酒旗
我的骨骼隐隐作痛
在愁苦中呻吟
我的肌肤陷于麻木
在一段空白中失眠
我的头发归于苦命

像荒草流离人间
无法看清未来的声音

那些不着边际的抒情
我不想应酬.我不想要
那么些的宽厚 那么些的爱
那么多伪善的称谓
那么多言辞热烈的人间烟火
我想淡定一些，天下太平
我想纯粹一些，一切从简
我想在一个必然的十月
被时光遗忘 放慢脚步
在天地间行走
有一点阳光，有一点鸟鸣
在清晨掠过窗前
有一点月色，有一枝菊花
在傍晚开在手心
秋风再次吹来时
有一点回忆.这就够了

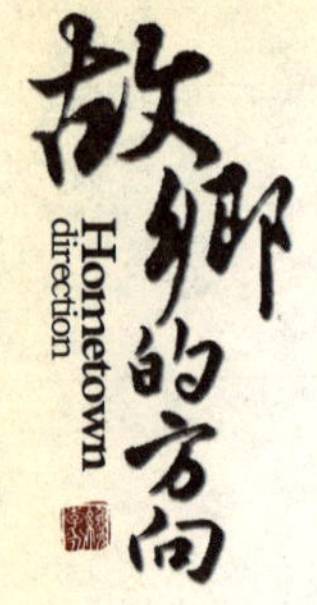
故鄉的方向
Hometown
direction

卷八　皓月飞空的柔情

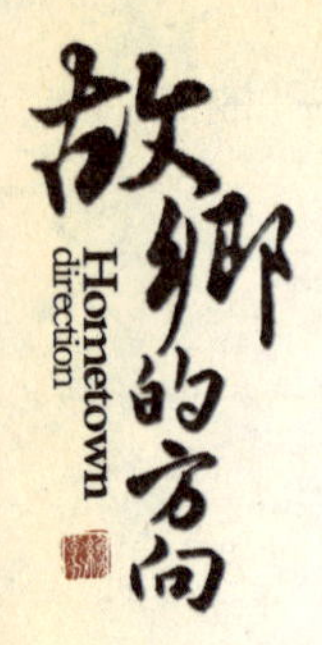

在宁静中栖息心灵

——读永才诗集《故乡的方向》有感

徐炯

故乡的美是新鲜而温存的，是毋庸置疑的，故乡就是一首诗。“向左，一派屋顶 / 落满草色如烟 / 向右，一丛芦苇 / 必有一路阳光”（《村口》）。故乡没有机器的喧嚣，没有欲望的蒸腾，没有赤裸裸的争夺，没有明晃晃的仇恨……在宁静的田园里，“物流？欲流？人流 / 像时光久远地流走” （《梦想田园》）。永才始终渴望“阅读一个村庄，一条道路，一捧泥土 / 抬头长河落日低头江南草长”（《梦想田园》）。在故乡，自然、人、心灵，一切都是和谐的，充满情意，人与世界的对峙在这里消失了，这个质朴的环境里充满韵律和情感，暗示着一种生命现象，自然与人是相生的，因此他更愿意沉浸在“那些青绿的麦浪 / 扑面而来让我忘记 / 对城市的向往”（《梦想田园》）然而，故乡家园又多与心灵的骚动、挫折、孤独感联系在一起，这源自理想与现实的不断冲击碰撞，他时常调侃地把自己比喻为“流浪的果实”（《相约在秋天》）、“进城的庄稼”（《星期天的某些片段》）、“湿透的鸟儿”（《我们其实都很忧伤》）他同时又是“一个铁观音主义的男人”，一个经受了城市化进程洗礼的体验者。他的疑惑，他对这飞速发展变化一切的质疑，就像《两个欧洲人的想象》：“有些人从船上下来 / 走进鸟巢 / 目光有些诧异 / 有些人从鸟巢下来 / 走进船上 / 目光有些骄傲。”

他由考学走出家乡在城市扎根生长开花，几经游历，亲眼目睹了畸形的、冷漠的工业文明，看到工业化进程各个阶段给城市、农村带来的冲击，他的情绪像藤蔓滋生在诗歌的意境里，淡淡的惋惜，淡淡的忧伤，淡淡的无奈，“如此简单的村口／有这些想象就够了／鸟类的鸣唱／如果有／那就更好。”（《村口》）古人说，诗言志。诗歌是文学体裁最高境界，就像武林高手的绝学，难以触碰。如今的诗界，“羊羔体”、“梨花体”、“口水诗”的充斥使之变味，不知道诗歌该何去何从，而永才的诗葆有一分难能可贵的自然，自成一体，清新依旧，浪漫依然，你能读出海子“面朝大海，春暖花开”一般的温暖和细腻。

从艺术的角度看，有时，他的诗是中国文人画，如果用心体会，大写意泼墨，小写意花鸟、工笔、白描，都能在他的诗中觅得踪影，诗便是画，画便是诗。比如：“山雨欲来时／这些自然地使者／在黑白之间迅即飘落／田野河流山峦／从此浪迹天涯。“（《云在青天》）比如：“在故乡的路上／杜鹃啼红杨柳飞絮／山上野花开遍／流水不停缓缓地流走……”（《在故乡的路上》）。他以意蕴取胜,在笔墨浓淡之间挥洒自如,淡雅而不失壮阔,浓墨重彩而不乏精妙，笔墨浓疏之间的布局令人折服。这与他对文人画精深的研读、独到的见解分不开，与他崇尚“诗堪入画方得妙，官到能贫乃是清”的简单、率真分不开。

有时，他的诗是传统文化的诠释，你能从他的诗中读出白居易、苏东坡，比如：“窗外平畴／河朔经行的地方／有早莺不断从眼前掠过／一只两只或是一群／争抢暖树的枝头／试着让斜风细雨／裁出低垂的柳丝”（《烟雨江南》）；你能从他的诗中读出李白、杜甫，比如：“一群浣衣的妇女／红湿的衣裙／让站立的水鸟／梦回一境”（《锦江河畔》），“广厦万间／骄傲地围

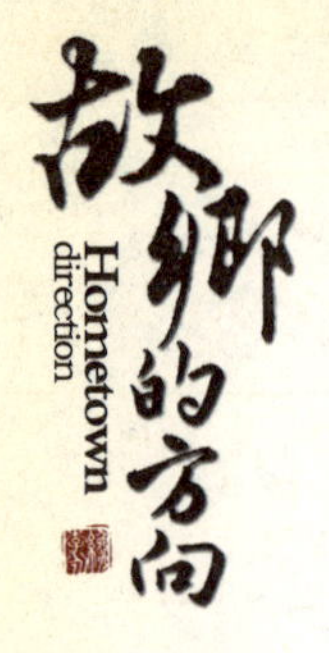

坐在你的身边／把寒士的悲凉／挤成了一幅凄美的图画”（《杜甫草堂》）；你能从他的诗中读出陆游、李清照，比如“云收雨歇芳草萋萋／一棹扁舟过于弱小／载不动王弗，郁然千载的忧伤。”（《中岩寺》）；你能从他的诗中读出王维、张继，比如“抬头长河落日低头江南草长”（《梦想田园》）、“渔火点点的嘉陵江上／流着一方秋意／夜半钟声时，一代儒生像一群白鹭／飞出了庙堂”。不经意间，在他的诗中，对酒当歌，人生几何的旷达、杨柳岸晓风残月的怅然，秋水共长天一色、落霞与孤鹜齐飞的意象，全然囊括其中，任你思绪遨游徜徉。

对故土的向往，牵引着他对故人的怀念，无时无刻不穿透他城市境遇下的心灵藩篱。他厌烦城市的市侩、欺诈、两面三刀、翻手云覆手雨的游戏，不喜欢城市的空虚、伪善和势利，他认为萝卜辣椒“这些来自田间的事物……纠集了一年的汗水／只为了满足／城里人的饭碗／每一天空虚的内心”（《和平市场》）；他时常感到无助，在人世浮沉中体味酸甜苦辣，“做梦的时候／我在等待某些消息／纵然感喟／大树的颜色已经变化／对着无助的河流我向北方瞭望／仿佛一只湿透的鸟／很想为你忧伤的森林／痛饮狂歌……”（《我们其实都很忧伤》）。他在烟雾升腾酒红冰蓝夜色荼蘼的城市里试图找寻失落的明净，那是勤劳的母亲、艰难的父亲、纯朴的乡亲、小学的老师、村里的会计……用乡情刻在他脑海的记忆。“提一篮满是泥泞的光阴／捡一把六月的阳光／在寒冬，母亲用作烧饭的柴火／捡一轮中秋的月亮／孝敬年迈的奶奶／点燃穿针引线的油灯”（《捡拾生活》）；“绿豆绿了黄豆黄的／只是叶子／母亲的镰刀／把一片秋色／悄然放倒”（《秋日断想》）

事实上，他源自泥土芳香的顽皮本性不改，“我还在怀念，李旭光老师发光的前额，我一直想知道是不是，在五里店，花三角钱为你打回的洋油，全都抹在了头上”（《怀念弥勒小学》）。你也可以发现他源自朴素道家思想的闲人观点，“可以摆龙门阵，摆荤段子，摆素段子／摆哲学宗教，但莫摆东家长西家短／就是说，你可以日他先人但莫论国政”（《成都茶馆》）。同时他又是内敛的，小心游走在职场语境的边缘，调侃得收放自如，诙谐得进退有度，“几个少男少女／从眼前亲热地走过／就像门前老板模样的人／拥吻一只老板模样的小狗”（《天华路399号》）

在大多数人不懂畏惧、信仰缺失的时代，他相信天规，他认为“天网恢恢，疏而不漏，法网恢恢，疏而有漏。”他懂得“上山的艰难／代替不了／下山的风险”（《选择一条道理有多难》），他探求哲理，同时也怀念每一位给他知识给养的人，“如果是累了，片刻休息，或许会无意中透露，身边何时再有大师”（《别了，萨缪尔森》）。

通读全书，你能发现，“方向”和“走向” 两个词语的使用频率最高。这证明，他不断探求“人从哪里来，到哪里去，该怎么做？”的哲理命题从未停歇。英国诗人亨利·沃恩也在《人》这首诗里写到人类的悲剧：“人所有的依然是玩具或烦恼，／没有根，也没有系住的地方，／他命途多舛，只有无休止的纷扰，／在这地球上四处奔忙，／知道有个家，却不知在何处，他说那地方太远太远，／甚至已忘却了归路。”当我们埋头赶路的时候，不如偶尔停下脚步，像他一样关注着天空的颜色，修补风霜剥蚀的心，让心灵自由而舒展。或许，《故乡的方向》这本沉甸甸的书，就是自诩“比月色优秀比流水抒情”（《月落他乡》）的“诗意男人”（《成都茶馆》）——永才，试图创造的精神家园，好让灵魂栖息得更为宁静。

皓月飞空的柔情

焦飞

永才其人，已经不能简单用才华横溢来形容，有着“比月光还宁静的抒情”，“春满龙泉”的锦绣诗情；“临江待渡”阅尽千帆的豪情，文字如涓涓细流，充满浪花的柔情。故乡，在永才的笔下，已经成了“梦想田园”中不老的传说；从北国眺望江南，凸显“天空的深度”，那小城的月光，香山寺，还有柳江静流等，“在山水间发现”“内心的河流”，立足全球“风吹四季的草木”，开始“惯性生活”，风景在永才的视野里彻底完成了一种浑圆的涅槃。带着游子的乡愁，展现新时代“全球化语境下的故乡情思”，拜读完毕，暖暖地“回望生命中最柔软的部分”，无限遐思。

“诗在时间里不动。如皓月飞空。”（ArchibaId ?Macleish(聂敏译)），然而《故乡的方向》，整本书是厚重的，感慨“人到中年，客舟听雨，激情和青春正在隐退。站在人生的正午，我扶老携幼，感到步履沉重，感到困惑与无奈。在疲倦的深巷，我想寻找行走的方向。”在方向中寻找一个正解或者曲解或者歪解的契机。

英国诗人麦克里希Archibald MacLeish说：“一首诗不应有任何意义，它只是纯粹的存在”。针对这句话，我的理解是说一首诗是独一无二的，只能有唯一的正解还在作者心里，但绝不排除有N个误解，K个曲解，（如果说N是常量，K是变量的话。）每一个误解看上去甚至说出来比正解更具有说服力，而K个曲解更是个个都有独特魅力，让人爱不释手。例如：李商隐那组《无题》，“艺术语言的丰富感染性往往先于解释而已深人人心”（林庚：《唐诗综论》，人民文学出版社，1987，P271），它无待于解释，也是解释不完的。所以“读书要不求甚解，解诗更要不求甚解，然后我们得到了真正的妙处”（林庚：《唐诗综论》，人民文学出版社，1987，P314）。

现在，用这些话来“曲解或者歪解”永才的《故乡的方向》中的《桃花朵朵红》吧。这样的美，处处可见，在这里只采撷其中的一朵，抛砖引玉，让我们在那一树树桃花中，感受别样的江南。

“嫣然一笑
走出烟雨，又入红尘
几分姿色朝三暮四
闪烁在这个妖艳的季节”

人也？物也？还是一些陈年旧事的记忆在动感中，探头探脑地溜出来？浮想联翩还是悠然的那一串串遥远的笑容？煮熟的“少年精神”让平凡的世界诗意盎然。“唐诗为什么是诗歌的巅峰呢?因为她有‘少年精神’，因为她十分‘新鲜’。‘新鲜’何谓也?就是青春嘛。所以我提倡‘少年精神’。”(林庚：《新诗格律与语言的诗化》，经济日报出版社，2000版，P180）于是，阅读期待：

“又一次经不住诱惑
如流水月色　你的柔情
让我站在去年的门口

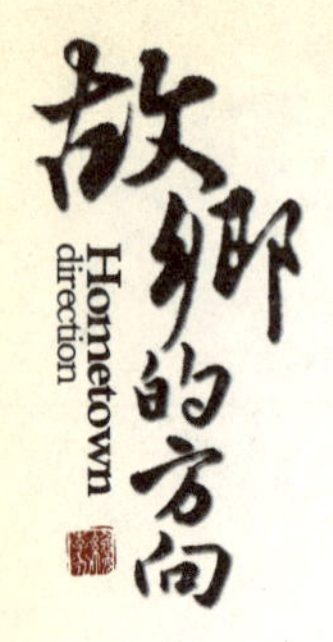

想把那些粉红色的记忆
揽在自己怀里
这时，漫山遍野的阳光
正与这些白里透红的事物
眉来眼去”

好一个“眉来眼去”，秦牧说得好：“美妙的比喻简直像一朵朵色彩绚丽的花，照耀着文学。它又像是童话中的魔杖，碰到哪里，哪里就产生奇特的变化”。(《艺海拾贝》)读诗，需要一种积淀，对文字的感觉或者是一种生活体验，或者是古典或现代的美学散步。

如果你有足够的古典神韵，接着来读最后一段，蝴蝶。关于蝴蝶的意象，一般都离不开一些固有的情结：中国古典的那段神话或者从遥远河南出发的那一只。但不管哪一只，都足以让人飘飞起春天的浪漫和秋水长天的深邃。我们一起看一下最后一段：

“临近黄昏我发现一只蝴蝶
止于枝头，为情所困
或许就是这些事物
故意设下了桃色陷阱”

的确是思绪信马由缰。在黄昏，发现蝴蝶，可以理解为一种渐悟的质变或者“悠然见南山”的妙悟。或许，这只蝴蝶属于前者，但突然也开始“柳暗花明又一村”了。

就整体性来说，永才的诗，“情思奔涌，体验深刻，视野开阔，不仅给人启迪，而且耐读，相信已经带来某种震撼”！暗合了“三李”中的李广田先生的新诗批评在《谈散文》中，指出的：诗必须圆，“诗是浑然无迹的明珠”；小说必须严，“小说是精心构建的建筑”；而散文则比须散，“是行云流水”，“(诗歌)以光泽为其生命，然而它的光泽确是含蓄的，深厚的，这正因为它像一颗珍珠，是久经岁月，经过无数次凝练与磨洗而形成的”。(李广田．谈散文[C]/李广田文集(第3卷)．山东文艺出版社，1983)

永才的诗，古典和现代同在。这江南的小桃红点击了诗人飘舞的灵感？桃花，原型本质的表达了人在江湖的感悟。原型这个概念是荣格提出来的。他认为从初民起人类亿万次地接受的心理经验是作为历史长期投影在“种族记忆”中并沉淀在每个人无意识深处的。这样的结果就造成了一种集体无意识。这种集体无意识只能从一些迹象上去推测它自“存在，如图腾、神话、祭祀仪式、习俗观念、不可理喻的梦等。鉴于这些迹象原是人类同一种经验的无数过程的凝结”，因此也就化为“一种记忆的蕴藏”，定格为具有审美象征作用的、领悟的心理模式。这就叫做原型。上升到原型的创作不多，一旦达到，宇宙阴阳，天人合一，人间极品。(荣格《心理学与文学、集体无意识的原型》参见冯川、苏克中译本，三联书店1978年版，P59-93)

来自泥土的气息

袁秀丽

收到永才的诗集《故乡的方向》已经有些时日了，从拿到诗集的那刻起，就想试着写点读后感之类的东西，以表达赠书之美意。可是却迟迟不能动笔，俗事缠身，忙只是理由、借口，更多的是不知如何下手，才能准确的表达尽我对诗作的感受和心情。生怕一不小心因了我的误读或疏忽而曲解了作者的本意或者深意。

厚厚的一本，里面囊括了作者二十多年的精髓之作，装帧的也典雅精致，有一种古色古香的味道，加重了诗作的厚度和深度。尤其清华大学蓝棣之教授的序和作者自己的后记，读后让我感到了诗作的、人生的沉重和厚重。

我始终相信一个人就是一个世界，彻底参透他，很难，但通过诗作的演绎，我们大致可以知道他的心路历程以及他的为人、处世哲学等一系列个人的信息。即使隐藏得很深，但不经意间总会有所发现。

永才正值中年，有着中年男人特有的稳重和矜持，也有着诗人特有的浪漫和才情。加上他在官场混迹多年，社会经验颇为丰富，各方面的经历促使他演绎出了一个丰富多彩的世界。每一次的阅历都是一次历练，造就了、成全了他，使他的诗作和人生呈现出了不同寻常的瑰丽风采。

身居要职却淡泊明志，身居天府之国的繁华都市却念念不忘贫困的乡村生活。乡村的一山一水，一草一木无不浸透着他的深情足迹，走遍大千世界，依然忘不了生他养他的故土，他把那里当成了自己的精神家园，是他行走的方向。一次次，一遍遍的，他吟哦那里的山山水水，看似轻描淡写却意蕴深长，情思隽永却不露痕迹。这成了他这本书的主旋律和重头戏。如：

透过东边的篱笆
在悠然的南山脚下
阅读一个村庄，一条道路，一捧泥土
抬头长河落日低头江南草长
让花朵，树木和鸟群
望着饱满的谷粒
自得其乐
让那些低调的植物
在夜深人静的时候
自然生长

这样的句子在他的诗作中随处可见，淡雅恬静，让人心生向往。

永才在他的后记中说："我不想写那些小男小女自恋式的悲情，或自虐式的灵魂挣扎，更不想背离泥土出身去阳春白雪，自命大师，自我陶醉。人心浮躁，世风不古的尘世，只有泥土可以安放心灵，可以孕育生机。"虽然故土情结由来已久，或者在我们每个人身上或多或少的得以体现，可是能几十年如一日的讴歌、赞颂、向往，正体现了永才的睿智聪明，也契合他的身份和性格，从而更值得人尊重。

最能让人感动的是，在他执法的过程中他不可避免的会与

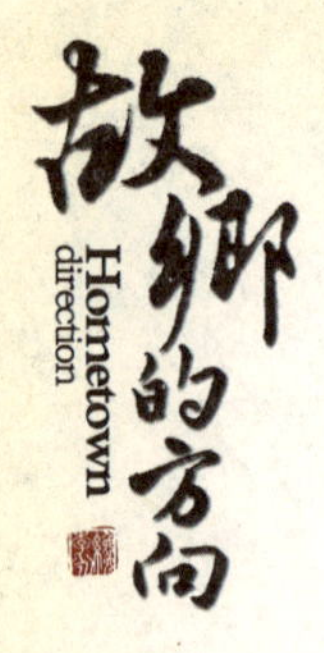

自己的心灵方向背离，与自己的真实情感相违，在这种为难的挣扎中更凸显出来他的精神节操，在他的《和平市场》中他这样描写到：

每次经过这里
我都会看见
青菜萝卜红红的辣椒
这些来自田间的事物
总在黎明之前
把一片乡下的阳光带到城市
多少年了　就这样
他们纠集了一年到头的汗水
只为了满足
城里人的饭碗
每一天空虚的内心

这些沾满泥土的口音
比如一只土豆，一捧玉米
面对挑肥拣瘦的目光
日复一日总想说出
一路走来的艰辛

行走在城市与乡村，上层与下层之间，他的心灵遭受着冲击，他的良心时时蒙受捶打，愧疚绝望淤积于心。于是在闲暇之时他时时聆听内心的真实想法，在乡村的清新气息中净化自己的心灵，怀着恬淡的心境行走在天地间，践行着一个诗人的良知和道德尊严，有时也很无奈，也许正因为此，在很多的情况下他是孤独的。在他的《惯性生活》中他是这样描述的：

以泥土和草根为食

饱含泪水　两手空空

我不能仅靠幻想生活

在高处，看着山坡河流水草

这些低处的声音，你知道

我不能表达太多

大多数情况下他是谦逊的、高傲的，但不排斥内心深深的忧虑和孤独。

但所有的这一切并不妨碍他恬淡执着的前行。

以他的才情和浪漫，它可以写出一系列令人荡气回肠的爱情作品，可是他隐忍着，不让那一分情感泛滥，淹没自己的恬淡，尽管如此，偶尔还是会在行云流水的文字间显露端倪：

我立在河谷的左边

对一朵野花微笑

对一位静若止水的女子

表示爱意

看一眼流水　人约黄昏

在草木之间　一盏灯火

让我脚步凌乱

也许正因于此，我更见识了一个立体的永才，真实的永才，亲切如邻家大哥的永才。

以此不成熟的文字，答谢厚意。愿永才写出更多更好的作品。

后　记

人到中年，客舟听雨，激情和青春正在隐退。站在人生的正午，我扶老携幼，感到步履沉重，感到困惑与无奈。在疲倦的深巷中，我想寻找行走的方向。一次次从梦中醒来，能够记起的还是故乡。多少年了，我时常想起故乡那些炊烟，山冈和溪流，刻骨铭心，亲切无比。时常想起老屋瓦楞上的月光，屋檐下晒着太阳的老人和孩子，时常想起早莺争暖树，蝴蝶戏花荫……我惊异于一棵草，一朵花，一滴水和一粒土的微言要义。世界太大，内心太小，我无法探寻旷世的天空，仅仅故乡的某个白天和夜晚，就让我难以找到变幻莫测的方向。但仍然坚持，坚持走进那些斑驳的阳光，走进油菜花开的季节，高粱成熟的山坡，这些澄净、安宁和辽阔，每一次都会让我感到抚慰、安详、知足和感恩。

从故乡走失，已二十多年了，其间有桃李春风，更有江湖夜雨，我一直在寻找心灵安放的方向。四十岁以后，我终于明白，从故乡的山路走来，能走多远，那是恒定的。正如我的老师，北京大学黄恒学教授所言，世上再好的事物，再完美的东西都有谢幕的那一天。人在世上，不论你从哪里来，想到哪里去，都有天规。这些天规，正如云在青天水在瓶，正如风吹四季的草木，不管你的天空多么高远，四季总会更替，草木在风中总会枯荣。

寻找故乡的方向难，寻找心灵的方向更难。当下社会处在价值多元、信仰失衡的转型期，不少人深陷物欲的河流，而整天疲惫不堪，因物质的富有而精神贫乏。社会日渐失去的精神价值和心理平衡使现代人的痛苦难以名状。“尽管我们能够升上天空，尽管我们可以沉入深渊，但是我们却无法走出自己的身体，我们所能理解的永远只是自己的思想”（孔蒂拉克语）。今天我们所处的时代，其精神状况的糟糕和19世纪歌德当时的预感颇有相似之处，歌德认为，“人类将变得更加聪明，更加机灵，但是并不变得更好、更幸福和更强壮有力。我预见会有这么一天，上帝不再喜欢他的造物，他将不得不再一次毁掉这个世界，让一切从新开始”（卡尔·雅斯贝斯《时代的精神状况》，上海译文出版社，1997年1月第1版，第9页）。荒原取代了大海，思想的荒原因缺乏信仰而愈加孤独。到何处去寻找心灵的家园？当下人们对精神家园的渴望正如六世达赖仓央嘉措所言：“那一年，我磕长头拥抱尘埃，不为朝佛，只为贴近你的温暖；那一世，我翻遍十万大山，不为修来世，只为今生能与你相见……”我常想，百年人生，几许沧桑，故乡应该是一个人心灵的宿地，可以让漂泊的灵魂得以驻足、安顿。

我从不自诩是诗人，只是用诗的形式表达自己的某些看法和说法。用其他的文学形式不是不可以。主要因为，一是没有时间和精力长篇大论；二是我以为诗歌是文学的上层建筑，我有点好高骛远。其实在这个缺乏诗意、精神贫困的时代，做诗人难，做真正的诗人难，做一个亦官亦儒的诗人更难。这让我想起曼杰利什塔姆的描述：“一想到我们的生活不是一个有情节、有英雄的故事，而是一个由忧伤、由玻璃纸品、由不停息的到处蔓延的狂热的嘈杂声，以及由彼得堡流感引发的谵妄呓语所构成的传说，就让人毛骨悚然。”（马歇尔·伯曼《一切坚固的东西都烟消云散了》，商务印书馆，2003年10月第1版，第223-224页）。不管诗歌在今天还能否重新介入人类的心灵世界，我们仍是需要诗人

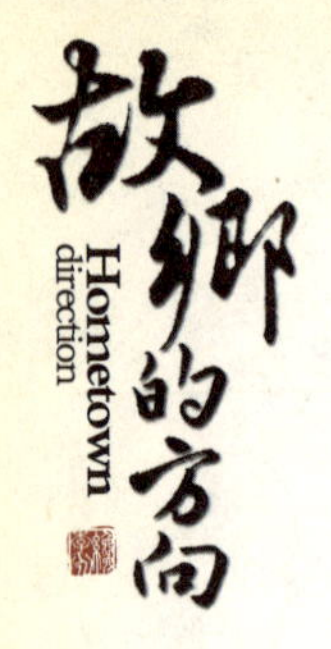

的。席勒对诗人和作家的角色曾有过这样的解释，“在肉体的意义上，我们应该是我们自己时代的公民，但是在精神意义上，哲学家和有想象力的作家的特权与责任，恰是摆脱特定民族及特定时代的束缚，成为真正意义上的一切时代的同代人”（卡尔·雅斯贝斯《时代的精神状况》，上海译文出版社，1997年1月第1版，第72页）。不管世事如何变迁，生活如何异化，要做一切时代的同时代人，这是人类赋予诗人的天经地义的职责。近些年，我们的物质生活发生了巨大变化，但我们不能总是把眼光盯在几个铜板上。就像黑格尔说的那样，一个民族只有有那些关注天空的人，这个民族才有希望，如果一个民族只是关心眼下脚下的事情，这个民族是没有未来的。“我仰望星空/它是那样的自由而宁静/那博大的胸怀/让我的心灵栖息、依偎”（温家宝：《仰望星空》，人民日报文艺副刊，2007年9月4日版）

我一直敬佩一位诗人，一位亦官亦儒的诗人马凯先生，他把做官，做人与做诗进行了近乎完美的结合。“我们是需要诗歌的，它使我们拥有再生的秘密。”（西川语）

我的这本册子，记录了我从大学到工作至今的诗路历程，更多的是抒发自己的泥土情怀，因为我来自乡野，来自泥土。老一辈诗人鲁藜曾写到：“老是把自己当作珍珠/就时时有怕被埋没的痛苦/把自己当作泥土吧/让众人把你踩成一条道路”。我不想写那些小男小女自恋式的悲情，或自虐式的灵魂挣扎，更不想背离泥土出身去阳春白雪，自命大师，自我陶醉。人心浮躁，世风不古的尘世，只有泥土可以安放心灵，可以孕育生机。回望故乡，我发现，城市的泥土已不多了，乡村的泥土正在减少。海德格尔说过，诗人的天职就是还乡，就是返回与本原的亲近。关注故乡，是想让自己的眼睛在观照世界的时候，也看看心灵。多少年了，我关注故乡，是因为我爱着它们，也被它们爱着。“为什么我的眼里常含泪水？因为我对这土地爱得深沉。”（艾青：《我爱这土地》四川文艺出版社，1986年，1——3册）

这本册子得以顺利出版，承蒙清华大学文学研究所所长，著名文学评论家，蓝棣之教授的厚爱，为我作序；四川省作家协会副主席、《星星》诗刊主编梁平老师百忙之中抽出时间为本书捉刀写序，让我感动不已。还有四川美术出版社林雪红老师、《星星》诗刊的方志英老师，将本书的每一首诗歌进行了认真的审读并提出了专业性的校改，她们对本书的贡献是独特的。四川大学文学与新闻学院的唐小林教授为本书所写的专业评论。在此一并表示衷心的感谢。

李永才
初稿于2010年12月31日晚
完稿于2011年元旦